Siamesische Scharade

Vom Auswandern träumen viele, wenige tun es, und noch weniger finden darin die Lösung ihrer Probleme. Kann man durch Flucht auf die andere Seite des Erdballs in einer Kultur wie Thailand, die so völlig verschieden ist von der unseren, glücklich werden? Man kann – wenn man fähig ist, den „Zauber, der jedem Anfang innewohnt", zu entdecken und nicht danach strebt, jedes Rätsel lösen zu wollen.

Der Autor (Jahrgang 1946) ist Physiker und arbeitete viele Jahre nebenberuflich als Übersetzer. Bei BoD veröffentlichte er 2015 den Roman „Kaiserwalzer", 2017 den Roman „Auseinandergelebt" und 2020 den Erzählband „Kleine Welt". Er lebt seit sieben Jahren in Thailand.

Thomas Stiehler

Siamesische Scharade

Roman

Bibliografische Information
der Deutschen Nationalbibliothek
Die Deutsche Nationalbibliothek verzeichnet diese Publi-
kation in der Deutschen Nationalbibliografie; detaillierte
bibliografische Daten sind im Internet über www.dnb.de
abrufbar.

© 2022 Thomas Stiehler
Herstellung und Verlag:
BoD - Books on Demand, Norderstedt

ISBN 9783755759089

Wie jede Blüte welkt und jede Jugend
Dem Alter weicht, blüht jede Lebensstufe,
Blüht jede Weisheit auch und jede Tugend
Zu ihrer Zeit und darf nicht ewig dauern.
Es muß das Herz bei jedem Lebensrufe
Bereit zum Abschied sein und Neubeginne,
Um sich in Tapferkeit und ohne Trauern
In andre, neue Bindungen zu geben.
Und jedem Anfang wohnt ein Zauber inne,
Der uns beschützt und der uns hilft, zu leben.

Wir sollen heiter Raum um Raum durchschreiten,
An keinem wie an einer Heimat hängen,
Der Weltgeist will nicht fesseln uns und engen,
Er will uns Stuf' um Stufe heben, weiten.
Kaum sind wir heimisch einem Lebenskreise
Und traulich eingewohnt, so droht Erschlaffen;
Nur wer bereit zu Aufbruch ist und Reise,
Mag lähmender Gewöhnung sich entraffen.

Es wird vielleicht auch noch die Todesstunde
Uns neuen Räumen jung entgegen senden,
Des Lebens Ruf an uns wird niemals enden,
Wohlan denn, Herz, nimm Abschied und gesunde!

                        Hermann Hesse

Für meine langjährige Lebensgefährtin
Frau Premmika Pansirisopa,
der ich für Unterstützung und wertvolle Hinweise
danke.

I.

Ja, wollen mich denn alle zum Narren halten. Seit Stunden kratze ich hier in den Betonfugen herum. Bin ich zum Unkrautvernichter mutiert? *Die Reinigung und Pflege des Gehweges vor dem Haus obliegt dem Grundstückseigentümer.* Das haben sich die Herren vom Stadtrat fein ausgedacht. Der Gehweg gehört nicht zu meinem Grundstück – was geht mich also dessen Pflege an? Wenn ich das schon höre: *Obliegt.* Da liegt mir also etwas ob. Ob es mir passt oder nicht. Das Hemd klebte an Brust und Rücken wie eine Käsescheibe auf der Butterstulle. Zwischen Kopf und Mütze bildete sich ein Gemisch wie im Kolben einer Dampfmaschine. Fehlt nur noch, dass mich die Damen, die hinter den Gardienen in Morgenrock und Lockenwicklern mein Treiben beobachten, bei der Inquisition anschwärzen. Wegen Sonntagsarbeit. Für mich als Rentner gilt Sündenerlass!

Er richtete sich mühsam auf, kratzte ausnahmsweise nicht in den Gehwegritzen, sondern sich am Kopf. Warum eigentlich das Unkraut nicht einfach spießen lassen? Es kommt eh wieder hervor, in spätestens drei Wochen. Die Natur will es so. Warum sich fragwürdigen, menschgemachten Regeln beugen?

Weil wir Deutsche sind?

Abbrennen! Der Gedanke munterte ihn auf. Das Unkraut einfach mit der Flamme eines Brenners vernichten. Wie sein Nachbar. Doch der hatte dabei seine neue Thujahecke mit abgefackelt. Auch keine Lösung! Nur nichts überstürzen, vielleicht hat er beim Mittagessen eine Idee.

Heinz ging ins Badezimmer, wusch sich den Dreck von den Händen, ließ den Dampf unter der Mütze ab, zog sein verschwitztes Hemd aus und sprach mit seinem Spiegelbild.

Seit er alleine lebt, sprach er oft mit sich selbst. Oder er belegte Dinge seines Haushaltes mit Namen. „Na, Kurt", sagte er, wenn er die Kühlschranktür öffnete, „da war auch schon mal mehr drin." Kurt antwortete mit dem tiefen Summen seines Kompressors. Hätte ihn jemand beobachtet, hätte er auf geistigen Defekt getippt. Erster Akt der Verblödung.

Er ging in die Küche und schaute hinaus auf den Forsythienbusch, der in voller Blüte stand, als könne der ihm eine Idee für das Mittagessen einflüstern. Seit seine Frau vor drei Jahren ausgezogen war (wir haben uns auseinandergelebt), war er gezwungenermaßen sein eigener Koch.

Er suchte in Schränken und im Kühlschrank nach etwas, das sich zu einem Mittagessen kombinieren ließe. Er fand gut durchwachsenen Schinken, Fertig-Bratkartoffeln und Eier. Er gab etwas Olivenöl in die Pfanne und legte den Schinken dazu.

Auseinandergelebt – und das Leben vor dem *auseinander*? Während es in der Pfanne brutzelte, gingen ihm Phantasiebilder durch den Kopf: Eine Frau und ein Mann müssen, wenn sie weiterkommen wollen, über eine hohe Mauer. Die Frau: Mach mal die Räuberleiter! Als sie oben war, sagte sie *Tschüs* und verschwand auf Nimmerwiedersehen auf der anderen Seite der Mauer.

Nachdem der Schinken leicht angebraten war, und durch die Küche ein würziger Duft waberte, gab er die Bratkartoffeln und eine fein geschnittene Zwiebel dazu und rührte kräftig um.

Beim Sprung über die Mauer hätte sie gern das Schild ICH BRAUCH DICH NICHT MEHR vor sich hergetragen, wenn sie die Hände frei gehabt hätte. Doch sie hielt mit beiden Händen Sophie, ihre gemeinsame Tochter, damals elf Jahre alt, fest an sich gepresst. Keine Chance für ihn. Ein deutsches Gericht überträgt nach der Scheidung das Sorgerecht dem Vater nur, wenn die Mutter asozial, kriminell oder drogensüchtig ist. Das war die Mutter nicht.

Heinz schlug zwei Eier über die Bratkartoffeln, gab Salz und Pfeffer dazu, rührte nochmal kräftig um, stellte den Herd ab und gab das Ganze auf einen Teller. Dazu ein Glas Rotwein aus der letzten Lieferung von Ginodetto aus der Toskana. Guten Appetit sagte er zu sich selbst, weil es niemanden gab, dem er es hätte sagen können.

Nach dem Essen nahm er das Weinglas, ging hinaus auf die Terrasse und steckte sich eine Pfeife an. Der Winter hatte sich verabschiedet, nur an schattigen Stellen unter der Tanne hatten sich Schneereste gehalten. Der Himmel hing wie eine lasierte blaue Glocke über Erlangen. Hier in dem ruhigen Vorort war der geschäftige Lärm der Stadt jenseits des Flusses nur als leises Rauschen zu vernehmen. Auf der Wiese vor der Terrasse drückten die Krokusse ihre blauen Köpfe aus dem Gras, und die Narzissen waren kurz davor, ihre drallen Knospen explodieren zu lassen.

Nach Sophies Auszug war er in ein tiefes, schwarzes Loch gefallen. Nicht schnell und hart, sondern wie in Zeitlupe, und im Fall fühlte er seine Hoffnungen auf Sophie mehr und mehr schwinden. Mit sich in die Tiefe riss der Fall all die Erinnerungen an die Zeit mit ihr, ein Bilderbuch der gemeinsamen Unternehmungen. Klar, manches Mal hatte er auch den allzu strengen Vater gespielt. Das kommt bei Kindern nicht gut an. Erst später, viel später, wenn sie selbst Kinder haben, dämmert es ihnen … vielleicht.

Er schenkte sich noch ein Glas Wein ein und schaute sich um: Ich lebe in einem viel zu großem Haus, mit zu viel Möbeln, einem komplett eingerichtetem Kinderzimmer und einem Büro im Souterrain, die ich beide nicht mehr brauche.

Und der Garten? Ich muss ihn pflegen, aber nutze ihn kaum. Und ich kratze das Unkraut aus den Ritzen im Gehweg. Die Leere in seinem Kopf näherte sich langsam der Betriebsamkeit eines Aquariums ohne Fische. Nur noch aufsteigende Luftblasen. Er schaute auf die rote Flüssigkeit in seinem Glas und fragte sich: Was tun? Es gibt drei Möglichkeiten: Alkohol bis zum Exzess? Oder einen Strick nehmen? Für das eine bin ich zu bieder und zu feige für das andere. Aber das sind nur zwei. Und die dritte Möglichkeit: Weit, weit weg, eine möglichst große räumliche Distanz schaffen. Hermann Hesse kam ihm in den Sinn: „Des Lebens Ruf an uns wird niemals enden, wohlan denn, Herz, nimm Abschied und gesunde!"

Südamerika? Australien? Kanada? Oder vielleicht Tahiti – wie Gauguin? Bananen nicht bei EDEKA kaufen, sondern vom Baum pflücken. Aber weder kann ich malen, noch gebe ich mich der Illusion hin, beim Empfang mit Orchideen begrüßt zu werden. Es lebt sich gut in Erlangen, aber ich bin nicht mit der Stadt verwachsen. Ich bin kein Franke; das verrät schon mein sächsischer Dialekt. Ich bin ein Heimatloser.

Er räumte das Geschirr in die Spülmaschine (die auf den Namen Clara hörte), schenkte sich noch ein Glas Wein ein, setzte sich an den Computer und rief Seiten von Reise-Agenturen auf. Plötzlich schien es, als stünde ihm die ganze Welt offen. Ein Gefühl, an das er noch vor wenigen Jahren, als er seine möglichen Reisziele an einer Hand abzählen konnte, nicht im Traum gedacht hätte. Was ihn da vom Display anlachte, war verlockend – selbst wenn es nur zur Hälfte stimmte. Blitzblanker Himmel, weißer Strand, blaues Meer und antike Ruinen. Und dazu moderate Preise. Tunesien zum Beispiel: Zehn Tage, Fünfsterne-Hotel, all inclusive für neunhundert Euro! Tunesien war zwar nicht weit, weit weg, aber immerhin … Die Ruinen des antiken Karthago mit eigenen Augen sehen! Ihm war, als würde Hannibal persönlich ihm zunicken.

II.

Die meisten Stewardessen sind hübsch; das scheint zum Geschäftsmodell der Airlines zu gehören. Aber die Stewardessen von Thai Airways in ihren Uniformen waren eine Augenweide. „Do you want to sit at a window?", wurde Heinz von einem dieser uniformierten Zauberwesen mit pechschwarzen und hochgesteckten Haaren gefragt. Natürlich wollte er.

Der Riesenvogel A380 war nur mäßig besetzt. Die obere Etage war gänzlich leer. Heinz machte es sich am zugewiesenen Fensterplatz bequem. Seine beiden Nachbarsitze waren frei. Elf Stunden Flug bis Bangkok – genügend Zeit, für einen Blick zurück.

Tunesien war ein Erfolg und ein Misserfolg zugleich. Das Hotel war super und die Vollverpflegung auch. Am Abend konnte er an der Bar gratis Getränke ausprobieren, deren Namen – außer Gin Tonic – er noch nie gehört hatte. Die Menschen waren freundlich, das Meer blau und der Strand weiß und sauber. Von den politischen Unruhen, die im Land herrschten, spürte man nichts. Aber Karthago! Was die Römer in drei Kriegen mit dieser Stadt gemacht hatten – einfach unglaublich. Nachdem Hannibal mit seiner Alpenüberquerung die Römer das Fürchten gelehrt hatte, beendete der römische Senator Cato jede Sitzung des Senats mit den Worten: „Im Übrigen bin ich der Meinung, dass Karthago zerstört werden muss". Und das haben die Römer wörtlich genommen. Was man heute von dieser einst blühenden Stadt noch sieht, ist niederschmetternd. Ein Meer von herumliegenden Steinbrocken, kaum Inschriften, von Gebäuden ganz zu schweigen. Ein Lehrbeispiel dafür, wie Imperien untergehen können – restlos und für immer.

Doch am Ende der Tunesienreise gab es für Heinz noch ein Schmankerl: Die Reiseagentur richtete eine Abschiedsfeier mit Preisausschreiben aus. Zehn Fragen, eine davon: Wie ist der Name von Hannibals Bruder. Keiner wusste es – nur Heinz. Das war natürlich Zufall, aber diesem Zufall verdankte er den 1. Preis – eine 10-tägige Reise nach Thailand, Flug und Unterkunft, inklusive Frühstück, gratis.

Heinz schaute durchs Bullauge hinaus in das endlose Blau des Himmels, das daunenhaft aufgeplusterte Bett der Wolken unter ihnen und dann auf die Schlange vor der Toilette. Nur zwei Männer, das kann nicht so lange dauern. Frauen brauchen meist länger – warum auch immer. Die Toilette war mit einer Vakuumanlage ausgerüstet. Ein Sog zog die Exkremente mit schlürfendem Ton in die Tiefe. Was würde passieren, käme man diesem saugendem Schlund mit diversen Teilen zu nahe?

Noch acht Stunden bis Bangkok. Thailand? Ist es das *weit, weit weg*, das ich suche?

Vorn in der ersten Klasse wurde Sekt serviert. Das sah er gerade noch, bevor der Vorhang zugezogen wurde. Dom Perignon und wahrscheinlich auch Kaviar … die leben im Flieger wie die Made im Speck. Menschen erster Klasse! Angeblich sind alle Menschen gleich, doch das Füllhorn senkt sich nicht auf alle gleichermaßen. Diese Ungleichheit hatte er beim Arzt selbst schon erfahren. Als Privater musste er nie in einem überfüllten Wartezimmer sitzen, sondern war immer *der Nächste bitte*. Worüber aufregen? Jede Leistung hat ihren Preis. Die Leistungen variieren und die Preise auch. Das ist der Unterschied zwischen Kaviar oder Hühnchen mit Reis. Jetzt eine rauchen! Aber das dürfen nicht mal die in der ersten Klasse.

Geweckt wurde er fünf Stunden später von der kleinwüchsigen Schönen mit den hohen Wangenknochen und den hochgesteckten Haaren, die ihn aus dem Schlaf herauslächelte und ihm ein duftendes Tablett vor die Nase stellte. Nach dem Kaffee spürte er schon, dass der Flieger an Höhe verlor. Vor dem Bullauge tauchten die Hochhäuser Bangkoks auf, zwischen ihnen ein Gewusel von niedrigen Hütten und breiten Straßen, teilweise drei übereinander.

Auf dem Weg über endlose Gänge des Terminals schlug ihm heiße Luft entgegen, auf der Stirn bildeten sich Schweißperlen und in den Achselhöhlen nasse Flecken. In Deutschland war Winter, und entsprechend war er angezogen. Die Abfertigung im Terminal des Suvarnabhumi-Airports: Ein Foto, klick, ein Stempel, klack, und er hatte ein Visum für dreißig Tage. Dann an der erstbesten Wechselstelle zehn Euro in dreihundertachtzig Baht getauscht. Das war sein erster Fehler. Außerhalb des Flughafens gibt es dafür vierhundert Baht.

In der Empfangshalle – ein mächtiges Gewusel von Menschen, ein Ameisenhaufen mit Physiognomien aus allen Ecken der Welt. Inder mit bunten Turbanen, Araber mit langen, weißen Gewändern, schwitzende Europäer und laut lärmende Amerikaner, und natürlich Thailänder. Eine kleinwüchsige Frau mit schwarzen Haaren und feingliedrigem Gesicht trug ein lärmendes Kind auf dem einen Arm, mit dem anderen zog sie einen riesigen Rollkoffer durch die Menge. Ein junger Mann trat an ihn heran und zeigt ihm einen Geldschein mit dem Bild eines gekrönten Mannes und der Zahl 500. Auf Englisch murmelte er: „Ten Euro". Obwohl Heinz mit Kopfschütteln zu verstehen gab, dass er nicht interessiert war, lächelte ihn der Mann freundlich an und verschwand wieder in der Menge. Pärchen umarmten sich, als hätten sie sich Jahrzehnte nicht gesehen und müssten alles Entbehrte jetzt nachholen, andere versuchten den Augenblick des Abschieds hinauszuzögern. Küssen in der Öffentlichkeit ist offensichtlich verpönt, aber Umarmen – das geht. Eine leichtbekleidete Schöne, die ihm zur Begrüßung einen Orchideenkranz hätte umhängen wollen, sah er nicht, aber dafür ein Schild mit seinem Namen, hochgehalten von einem jungen Mann in hellblauem Hemd und Jeans. Auf der Brust prangte das Signum des Reiseveranstalters, der ihm diese Reise nach Thailand spendiert hatte. Heinz ging zu ihm, machte den Wai und sagte: „Sawadii khrap[1]". Aus der kleinen Broschüre, die er schon in Tunesien bekommen hatte, wusste er, dass man sich in Thailand zur Begrüßung nicht die Hand gibt, sondern die Handflächen in Höhe des Gesichtes aneinander legt – eben den „Wai" macht. Der Mann im blauen Hemd machte ebenfalls den Wai, sagte „Sawadii khrap" und danach „Do you speak English?" Ohne auf eine Antwort zu warten, setzte er hinzu: „Welcome to Thailand. My name is Sakorn, I am the driver to take you to Pattaya." Er schnappte sich Heinz' Koffer und zog ihn in Richtung Parkhaus. Nach Verlassen des Flughafengebäudes steckte er sich eine Zigarette an und Heinz holte seine Pfeife heraus. Elf Stunden ohne Pipe – eine Marter für einen Raucher. Während des Rauchens entspann sich ein Gespräch, von dem Heinz nur wenig verstand. Offensichtlich war es Englisch was Sakorn von sich gab, aber Thai-Englisch war eine für Heinz unbekannte Modifikation. Außerdem übertönte der Lärm im Umfeld – ankommende und abfahrende Autos und Busse, startende Flieger – die Unterhaltung. So nickte Heinz nur hin und wieder und war froh, als Sakorn seine Kippe

---

[1] Guten Tag

wegwarf und ihn ins Parkhaus zu seinem Auto, einem silbergrauen Toyota Pickup, dirigierte.

Nach einer halben Stunde hatten sie das Weichbild von Bangkok verlassen. Heinz stellte die Sitzlehne etwas nach hinten und streckte die Beine aus. Obwohl ihn die Linksfahrerei irritierte, genoss er das Gefühl, dass er nun weit weg war, weit, weit weg.

Fünfzehn Stunden hatte er tief und fest geschlafen nach dem megalangen Flug und der dreistündigen Autofahrt. Nicht mal die Geräusche der Klimaanlage hatte er bewusst wahrgenommen. Als er die Augen aufschlug schaute er nach oben auf die Unterseite eines Schilfdaches, dann auf das breite Bett, auf dem er lag, die Anrichte mit dem Fernseher und die Miniküche. Dann dämmerte es ihm: weit, weit weg, in *meiner* Hütte im Resort „Lucky Sun".

In Shorts und T-Shirt trat er aus der Hütte und zog die Augen zu engen Schlitzen zusammen. Die Sonne stand wie ein Glutball über einem makellos blauen Himmel. Gestern bei der Ankunft in Bangkok hatte eine dichte Dunstglocke über der Stadt gehangen. Heute glich das, was er sah, wirklich dem Wetter, mit dem Thailand im Internet beworben wird. Ein Blick auf die Uhr – schon zehn Uhr. Rasch duschte er, zog sich an, trat ins Freie und folge dem Hinweisschild „Restaurant".

Im Frühstücksraum – Männer jeden Alters und vereinzelte Pärchen, die Männer in Überzahl. Ein Mann um die Fünfzig mit kurzem Bürstenschnitt und kantigem Gesicht saß alleine an einem Vierertisch. Heinz steuerte darauf zu und machte sein Gesicht zum Fragezeichen. „Is the place free?"

Der Bürstenschnitt legte sein Besteck neben den Teller und lüftete den Hintern leicht vom Stuhl: „Aber ja, setz dich."

„Woher wissen Sie, dass ich Deutscher bin?"

„Na, erstens habe ich einen Riecher für Teutonen, und zweitens – ich hab's einfach mal versucht. Und drittens duzen wir uns hier alle. Hi, ich bin Dirk aus Hannover."

„Okay, ich bin Heinz aus Erlangen."

„Aha, kenne ich, Erlangen, der Appendix von Nürnberg. Du bist neu hier?"

„Ja, gestern Abend angekommen. Und du?"

„Oh, ich bin schon eine Woche hier und werde wahrscheinlich noch ein, zwei Wochen dran hängen ..." Dirk erzählte, dass er jedes Jahr in Thailand Urlaub mache, manchmal vier Wochen, manchmal auch länger. „Tolles Wetter und schöne Mädchen – was will man mehr!" Das Ei löffelte er nicht aus der Schale, sondern – was gar nicht zu ihm passte – ganz weich gekocht aus einem Glas.

„What do you want?" Eine junge Frau in weißem T-Shirt, Minirock und ebenso kurzer Schürze stand neben dem Tisch. Sie mochte um die Dreißig sein, klein von Wuchs, ein hübsches, typisch asiatisches Gesicht, lange schwarze Haare, die ihr bis zum Popo reichten. Mit ihren dunklen Augen schaute sie Heinz an, dass er sich wünschte, ihre Frage würde nicht nur das Frühstück betreffen. Weil er benommen dreinschaute, fuhr sie fort: „We have English breakfast, continental breakfast or Thai breakfast."

„Continental breakfast, please."

Sie notierte etwas auf ihren Block und schwenkte davon.

„Das war Irada", sagte Dirk. „Eine der Bedienungen hier. Du wirst noch andere kennen lernen und genauso große Augen machen."

Heinz köpfte sein Ei und suchte vergeblich nach einem Salzstreuer, während Dirk an seinem Kaffee nippte und sich eine Zigarette ansteckte. Er sei geschieden, erzählte Dirk, schon seit fünf Jahren und habe eine kleine Möbelfirma mit vier Beschäftigten. Keine Massenware, sondern Spezialanfertigung nach Wunsch der Kunden. Es gäbe noch Leute, die nicht zwischen IKEA-Kisten wohnen wollen. Dabei lachte er und wölbte stolz die Brust. „Ja, erfolgreich sein ist keine Frage des Schicksals, sondern eine Frage des eigenen Wollens und Könnens." Er fuhr sich mit der Hand über seinen Bürstenschädel und versuchte Rauchringe zu blasen. Dann trank er seinen Kaffee aus und drückte die Zigarette in den Aschenbecher. Im Aufstehen sagte er: „So long! Übrigens, wir haben hier im Resort einen Shuttle-Dienst. Wann immer du willst, wirst du ins Zentrum von Pattaya kutschiert und auch wieder abgeholt. Du musst es nur rechtzeitig bei Mathias, dem Resort-Chef, im Büro anmelden. Ich fahre morgen früh ins Zentrum. Wenn du Lust hast, könntest du dich anschließen."

„Wie weit ist es denn bis zum Zentrum und zum Beach?"

„Von hier bis zum Beach, also ins Zentrum, fährt man je nach Verkehr etwa 20 Minuten."

„Okay, dann bin ich dabei."

„Gut, dann bis morgen früh. Wir treffen uns um zehn vorn am Parkplatz."

Nach dem Frühstück – es war bereits nach Elf und das Thermometer war auf über dreißig Grad gestiegen – trat Heinz hinaus auf den Vorplatz des Restaurants, dehnte und reckte sich, hob die Arme über den Kopf und gähnte ungeniert. Links von ihm lagen locker aufgereiht an die zwanzig Hütten für die Gäste, alle im thailändischen Stil aus natürlichen Materialien mit viel Bambus und spitzen Schilfdächern.

Rechts von ihm – ein langgezogenes Haus, offensichtlich Wirtschaftsgebäude und Unterkunft für das Personal. Auf der freien Fläche dazwischen – ein großer Swimming-Pool. Die Sonne lag gleißend auf Wiesen und Wegen. Ein Wiedehopf hackte, den Kamm gespreizt, mit seinem langen Schnabel in der Wiese herum. Überall Palmen und andere exotische Gewächse.

Heinz setzte sich auf eine der Sonnenliegen am Pool, schloss die Augen und dachte an … nichts.

Am nächsten Morgen – Heinz schaute auf die Uhr. Punkt Zehn. Der silbergraue Pickup stand da, aber von Sakorn und Dirk keine Spur. Vom Parkplatz aus hatte Heinz freie Sicht durch das Resort, über den Pool hinweg bis zu Restaurant. Das Klappern von Geschirr und lautes Lachen später Frühstücksgäste drang bis zum Parkplatz. Der schon warme Morgen kündigte einen heißen Tag an.

Er wurde ungeduldig und schaute wieder und wieder auf die Uhr. Ist Dirk etwa schon losgefahren? Nein, war er nicht, er tauchte nach einer Viertelstunde auf und schaute Heinz verwundert an: "Du? Schon hier?"

„Ich meinte, wir hätten uns für Zehn verabredet?"

„Um Zehn bedeutet in Thailand nicht punkt Zehn, sondern so … naja, irgendwie so um Zehn herum, kaum davor, eher danach. Aber sieh mal, da kommt schon Sakorn. Fast pünktlich, es kann losgehen."

Vor der Shopping Mall „Central Festival" an der Beach Road hielt Sakorn an und sagte „Voila". Das hatte er von einem französischen Gast aufgeschnappt, und nach seinem Verständnis hieß das: Wir sind da.

Dirk schaute auf die Uhr. Er schien es eilig zu haben. „Ich habe einiges zu erledigen. Wir könnten uns so um sechs wieder hier treffen, dann noch einen Happen essen und gemeinsam zurück zum Resort fahren."

Das war Heinz sehr recht. Er tauchte unter in der Schar von Touristen, die die Landseite der Beach Road bevölkerten, er schaute in einige Souvenirläden hinein, ohne etwas zu kaufen. In einem Straßenrestaurant bestellte er ein Singha-Beer. Drei Thai-Frauen an einem Vierertisch machten ihm freundlich lächelnd Platz bevor sie ihre lebhafte Unterhaltung fortsetzten. Manchmal redeten alle drei gleichzeitig und wedelten dabei mit den Händen. Heinz hielt sich an seinem Bierglas fest und verstand kein Wort. Als er gerade seinen Marsch hatte fortsetzten wollen, machten sie ihm mit Gesten verständlich, dass er in ihre Mitte rücken sollte. Oh weh, dachte Heinz. Aber sie wollten nur ein Foto machen. Ein Selfie zu viert – da muss man schon eng zusammenrücken. Was würden sie wohl über ihn sagen, wenn sie das Foto ihren Freunden zeigen? Als er sich wieder befreit hatte, lächelten die Frauen ihn an, als wäre man nun schon miteinander bekannt. Wahrscheinlich hatten sie in dem allgemeinen Wortgeprassel ihre Namen genannt. Aber da war sich Heinz nicht sicher, weshalb er ihnen seinen Namen nicht aufdrängte. Er hätte gern *noch einen guten Tag* gewünscht, aber wie? Im Sprachführer blättern? Er kam sich dumm vor, dumm und unhöflich. Er wird ein paar Vokabeln lernen müssen, und dann … Abwarten, jedes Ding hat seine Zeit.

Als die Beach Road einen scharfen Knick nach links, weg vom Meer, machte, ging es geradeaus nur für Fußgänger weiter. „Walking Street" stand in großen Lettern auf einem Transparent über dem Eingang zu dieser Gasse. Laut Reiseführer ist dies die Haupt-Vergnügungsmeile von Pattaya.

Aber was vor ihm lag sah nicht nach Vergnügungsmeile aus. Ein düsterer Schlauch, flankiert von Etablissements, die aussahen wie eine schlechte Las-Vegas-Kopie, Las Vegas mit heruntergelassenen Jalousien. Alles machte einen verlassenen Eindruck, wären da nicht die Müllmänner gewesen, die mit ihrem Laster von Haus zu Haus zuckelten.

Heinz kehrte um und ging die Beach Road auf der Seeseite zurück. Es war gerade Flut. Der Strand war nur ein schmaler Sandstreifen, auf dem sich die Sonnenanbeter drängten. Er hätte am liebsten die Schuhe ausgezogen und wäre unten am Saum des Wassers gelaufen. Auf dem breiten von Palmen gesäumten Gehweg war ein Gedränge, als hätten sich die Menschen hier zu einer Demonstration getroffen. Ein dunkelhäutiger Bub mit zerrissenem T-Shirt kurvte mit lautem Geschrei auf seinem Skateboard geschickt zwischen den Spaziergängern hindurch. Die meisten waren Ausländer, weiße Ausländer, die – so Dirk – von den Thais *Falang* genannt werden. Chinesen sind keine Falang, auch nicht Japaner oder Koreaner. Inder sind auch keine Falang, aber Australier und natürlich Europäer und Amerikaner. Offiziell müsste es *Farang* heißen, aber das können die Thais nicht aussprechen. Für sie ist das *r* zwischen zwei Vokalen wie die Querlatte zwischen den beiden Ständern beim Hochsprung – ein schwer zu nehmendes Hindernis.

Amerikaner zu erraten war leicht: sie gerieren sich ungeniert in der Öffentlichkeit, kauen ihren chewing gum und sprechen laut. Russen (auch Farang) sprechen leise und wenn sie doch mal laut werden, erkennt man sie am stark gerollten *R*. Ein japanisches Paar stand am Wegrand und schaute versonnen aufs Meer. Was Heinz nicht entging, waren die Mädchen, die einzeln alle paar Meter wie eine Girlande am Wegrand standen, als würden sie auf jemanden warten. Bei manchen war der Schmelz der Jugend schon deutlich verblasst; wahrscheinlich hatten sie mal gut ausgesehen, jetzt waren sie nur noch gut geschminkt. Hochhackige Schuhe an schlanken Füßen, zierliche bis vollschlanke Figuren, für jeden Geschmack etwas. Wenn ein Farang bei einem dieser Mädchen stehen blieb, steckte dieses schnell das Smartphone weg, setzte eine einladende Maske auf und murmelte einen Preis. Heinz blieb nicht stehen, aber hingeschaut hat er schon.

So gelangte er schließlich wieder zu seinen Ausgangspunkt beim Einkaufstempel „Central Festival", etwa in der Mitte der Beach Road zurück. Da er noch viel Zeit hatte, beschloss er die Beach Road noch auf der Meerseite bis zum anderen Ende, wo sie sich wieder vom Meer trennt, zu erwandern und dann auf der Landseite zurück zu seinem Treffpunkt zu gehen.

Es war erst Fünf, als er dort ankam – viel Zeit noch bis zum Treff mit Dirk. Und, dass Dirk wirklich um sechs erscheint, war mehr als zweifelhaft. Also rein ins „Central Festival". Wie sieht ein thailändischer Konsumtempel von innen aus?

Eine halbe Stunde reichte, um festzustellen: Ein thailändischer Konsumtempel sieht genauso aus wie ein deutscher Konsumtempel oder einer irgendwo sonst auf der Welt. Einzige Ausnahme: Es gibt Stände mit typisch thailändischem Angebot: Buddha-Statuen aus Gips, folkloristische Textilien, kunstgewerbliche Gegenständen aller Art aus Bast und Bambus usw. Guter und schlechter Geschmack vereint in der Hoffnung auf Käufer.

Heinz floh aus dem Konsumtempel, setzte sich vor dem „Central Festival" auf eine Bank, steckte sich eine Pfeife an und wartete auf Dirk. In Gesellschaft seiner Pfeife hatte er immer die besten Ideen. Doch jetzt wollte er an nichts denken, einfach die Menschen an sich vorbeidefilieren lassen und warten.

Dirk kam gegen halb sieben, verabschiedete sich von seiner Begleiterin, einer jungen Thai, etwa halb so alt wie er, und entschuldigte sich wortreich wegen der Verspätung. Im selben Moment kam Sakorn mit seinem Toyota um die Ecke. Der entschuldigte sich nicht, war aber gut gelaunt und öffnete wie ein Hotelportier die Wagentüren.

Während der Fahrt schlug Dirk vor: „Wir könnten uns kurz vor dem Resort absetzen lassen. Dort gibt es ein gutes Restaurant, wo man preiswert essen kann."

„Abgemacht. Gut und preiswert klingt gut."

Die Frösche quakten und die Zikaden zirpten, während Dirk und Heinz sich einen Platz an der Brüstung suchten. Das Restaurant, auf Holzpfählen über einen See gebaut, war hauptsächlich von Einheimischen besucht. Die beiden Farang bekamen ein Kissen unter den Allerwertesten geschoben. Heinz holte seine Pfeife heraus und Dirk steckte sich eine Zigarette an. „Nun erzähle", sagte Dirk, als der Kissen-Mann verschwunden war.

„Da gibt es nicht viel zu erzählen", begann Heinz und versuchte Rauchringe zu blasen. „Ich bin die Beach Road rauf und runter, habe mich unters Volk gemischt und versucht, mich durch die auf dem Gehweg abgestellten Motorbikes zu schlängeln."

„Ja, die Motorbikes – eine echte Plage. Erstens schwirren sie wie die Mücken massenhaft herum, und zweitens beachten sie keinerlei Regeln. Sie blinken rechts, wenn sie nach links fahren, oder sie blinken überhaupt nicht, schlängeln sich halsbrecherisch zwischen Autokolonnen hindurch und stellen ihr Vehikel ab, wo es ihnen gerade passt. Und wenn du mal einen mit Helm siehst – was eigentlich Vorschrift ist – dann ist es, als hättest du ein Exemplar einer seltenen Art entdeckt. Und weiter?"

„Die berühmte Walking Street war eine herbe Enttäuschung. Nur geschlossene Buden und kaum Menschen, wenn man mal von der Müllabfuhr absieht."

„Ja, in die Walking Street solltest du nicht vor Acht gehen. Tagsüber ist dort tote Hose. Die Menschen, vor allem die Mädchen, die dort leben und arbeiten, sind nachtaktive Vögel; sie schlafen tagsüber, und wenn es dunkel wird, fangen sie an zu zwitschern."

Ein junges Mädchen in auberginefarbenen Minirock und weißem T-Shirt unterbrach die Unterhaltung der beiden: „What you want?" Zwischen Zeige- und Mittelfinger wippte sie mit dem Bleistift über ihrem Schreibblock, ohne ihn zu berühren. Nachdem sie die Bestellung notiert hatte, ging sie davon und wackelte dabei mit dem Popo, als würde sie über einen Laufsteg schreiten. Heinz machte große Augen, Dirk strich sich über seinen Bürstenschädel. Die Frösche quakten und die Zikaden zirpten.

Dirk ließ nicht locker. „Und was war noch, heute?"

„Ich habe Bekanntschaft mit drei Thai-Ladys gemacht."

„Oh, gleich drei! Und worüber habt ihr euch unterhalten?"

„Wir haben nichts gesprochen, nur gelächelt und die drei haben miteinander palavert."

Dirk strich sich wieder mit der Hand über seinen Bürstenschädel und ließ Rauch ab. „Wenn eine Thai dich anlächelt, kann das schon etwas bedeuten, muss aber nicht. Wer weiß, was sie untereinander getuschelt haben. Hast du etwas verstanden?"

„Rein gar nichts."

„Und was hast du gemacht?"

„Habe zurück gelächelt und bin gegangen, nachdem sie von uns ein Selfie gemacht haben."

In diesem Moment stellte die hübsche Bedienung ein Riesentablett auf den Tisch. Pad Thai für Heinz und irgendein Geschlinge von Meerestieren für Dirk. Dazu eine Platte mit Reis, eine mit Gemüse und vier Schüsselchen mit verschiedenfarbigen Soßen. Heinz brannte schon bei deren Anblick das Feuer im Hals. Zum Glück hatte er bei seiner Bestellung ausdrücklich „not spicy" gesagt.

Heinz hatte seinen Teller gelehrt (das „not spicy" hatte das Mädchen verstanden) und auch Dirk lehnte sich zurück. Heinz nahm einen tiefen Schluck aus der Wasserflasche, schaute über Dirks Teller und Schüsseln und fragte: „Hat es dir nicht geschmeckt?"

Dirk strich sich wieder über seinen Bürstenschädel und griff zu einer Zigarette. „Thais leeren ihre Teller nie ganz. Das scheint zum guten Ton zu gehören. Auch wer nicht gerade mit Reichtum gesegnet ist, lässt etwas übrig. Darüber kann man sich wundern, aber es ist bei weitem nicht das Einzige, worüber wir uns wundern."

Heinz erinnerte sich an die Worte seiner Mutter: „Was auf den Teller kommt, wird gegessen." Aber das waren halt Nachkriegs-Zeiten in einer anderen Welt.

Dirk warf ein paar Brocken von dem übrig gebliebenen Reis über die Brüstung, worauf die Fische im Wasser in Aufruhr gerieten. Das Wasser schäumte auf – der Kampf ums Futter. Die Frösche quakten, die Zikaden zirpten und die beiden Farang verlangten die Rechnung. Das hübsche Mädchen mit dem wackelnden Popo war nicht mehr zu sehen.

III.

Am nächsten Tag wartete Heinz wieder am Parkplatz auf Sakorn. Gegen Sechs war es dunkel geworden, für acht Uhr hatte Heinz den Shuttle für die Fahrt ins Zentrum bestellt. Sein Ziel war die Walking Street bei Nacht. Als sie dort ankamen grinste Sakorn, sagte aber nichts. Heinz schwang sich aus dem Wagen. „Thank you. I take a taxi for the way back."

„Okay. Wish you fun." Und wieder das Grinsen.

Heinz traute seinen Augen kaum. Ein Unterschied wie Tag und Nacht, nur dass hier die Nacht zum Tag gemacht wurde. Leuchtreklamen in allen Farben, plärrende Musik aus allen Rohren fluteten über die Lustwandler, die sich zwischen Bars und Tanzklubs hindurch drängten, wobei sie die leicht bekleideten Mädchen beinahe berührten, die wie die Hühner auf der Stange an der Frontseite der Etablissements auf Barsesseln hockten. Junge Mädchen, mehr nackt als bekleidet, die roten Lippen wie aufgeschnittene Tomaten im gepuderten Gesicht, wackelten in hochhackigen Fantasieschuhen vor den Bars hin und her und versprachen den vorbeigehenden Männern „a very special experience". Miniröcke und nackte Haut, bernsteinfarben oder weiß gepudert, wohin man nur schaute. Wie alt mögen diese Mädchen sein? Sechzehn, siebzehn? Schwer zu sagen, denn viele schienen absichtlich etwas älter erscheinen zu wollen, ganz im Gegensatz zu dem, was Frauen üblicherweise tun.

Heinz ließ sich von der Menge durch die lärmende Gasse treiben, bis ihn ein leichtbekleideter Engel mit superkurzem Minirock, halbdurchsichtigem T-Shirt und angesteckten Flügeln an die Hand nahm und in eine nach vorn offene Bar zog. Gegenwehr war nicht möglich und von ihm auch nicht ernsthaft gewollt. Wer wollte schon solch einem Engel widerstehen? Drinnen plärrte laute Musik aus riesigen Boxen. Ein halbnacktes Girl verrenkte sich an einer Chromstange die Glieder und die Männer, die sie heftig applaudierend umstanden, steckten ihr gelegentlich einen Schein in den Minislip. Ein sich drehender Ball aus kleinen Spiegelscherben, der an der Decke hing, überflutete den ganzen Raum mit Lichtreflexen. Im schummrigen Hintergrund rührten einige Mädchen mit Stäbchen in irgendeinem Nudelgericht herum.

Der Engel führte Heinz an einen der kleinen runden Tische und verschwand wieder nach draußen. Während Heinz ein Bier bestellte, legte eines der Hintergrund-Mädchen die Essstäbchen weg und setzte sich an seinen Tisch. „You order for me a drink?" Hier *Nein* zu sagen, wäre extrem unhöflich gewesen, unhöflich und peinlich. Also sagte er: "Yes", und kaum hatte er es gesagt, stand vor ihr ein Glas mit irgendetwas Grünlichem, auf dem eine Kugel Eis schwamm. Dann entstand eine Pause, in der Heinz sie aus den Augenwinkeln musterte. Hübsch war die Kleine, nur etwas zu auffällig geschminkt. Ihre schwarzen Haare reichten hinter der Sessellehne fast bis zum Boden. Weiße Bluse und schwarzer Minirock, leicht abgeflachte Nase und Augen, deren Blicklinien sich irgendwo, nur nicht bei ihm kreuzten. Die Bluse und der Minirock zeigten mehr von der Anatomie als sie verhüllten. Die langen Beine liefen in Schuhen aus, deren vordere Spitzen man getrost als Waffe bezeichnen konnte. Das Mädchen legte ihre Hand auf Heinz' Arm. „How are you?"

Heinz sagte erst mal „fine", das passt immer, und dann erklärte er ihr, dass er zum ersten Mal in Pattaya und auch das erste Mal in der Walking Street sei. Er wolle einfach mal schnuppern, was hier so abgeht. Er komme aus Deutschland und sei für zehn Tage in Thailand.

Sie hörte aufmerksam zu, nippte von ihrem Drink, aber außer *fine* hatte sie offensichtlich nichts verstanden, denn sie ließ das Gesagte kommentarlos vorüberziehen. Stattdessen sagte sie plötzlich in einem Ton, in dem man normalerweise Geschäfte anbahnt: "You come to my room? Thousand Baht one hour, and threehundred bar fine."

Heinz war baff. Hier gab es kein Geplänkel von wegen Zuneigung oder Verlockung, kein *du gefällst mir*, kein *ich möchte dich kennen lernen*, kein Tantra und kein Tai Chi ... hier kam man bei einem grünen Drink gleich zur Sache.

Heinz stemmte die Ellenbogen auf die Armlehne des Sessels und faltete die Hände unter dem Kinn. Obwohl er keine Ahnung hatte, was *bar fine* bedeutet, war ihm klar, worauf ihr Angebot hinauslaufen wird. Schließlich saß er nicht irgendwo am Strand, sondern in der Walking Street. Hier wurden Geschäfte der besonderen Art abgeschlossen – und in die Tat umgesetzt.

Immer freundlich bleiben, sagte er sich. Thais lieben es nicht, ihr Gesicht zu verlieren. Nur keine Beleidigung! „Thank you", sagte er, „You are very nice, but today I have not much time. Maybe tomorrow."

Das hatte sie verstanden. Lächelnd stand sie auf, verschwand mit ihrem grünen Glas zu den anderen Mädchen im Hintergrund und begann wieder aus ihrem Plastikbecher zu löffeln. So einfach war das.

Während er sein Bier trank, beobachtete Heinz den Mann und das Mädchen am Nachbartisch, die offensichtlich die Frage *You come to my room?* schon geklärt hatten. Das Mädchen, höchstens achtzehn Jahre alt, die Haare länger als das Röckchen, schaute den Mann mit ihren stark geschminkten Augen hingebungsvoll an. Ihr enges Top ließ erkennen, was sie zu bieten hatte (wenn es denn echt war). Der Mann, um die fünfzig, mimte den jugendlichen Draufgänger. An beiden Handgelenken Silberkettchen und um den Hals eine schwere Goldkette mit Kreuz. Den rechten Fuß lässig auf dem linken Knie und im Mund wippte eine Zigarette. Die zerlöcherten Jeans passten eher zu einem Teenager und – um den geschmacklichen Bankrott zu komplettieren – war das T-Shirt, das er trug, eher ein Unterhemd. Dafür sah man die mehrfarbigen Tattoos auf Schultern und Armen. Das Mädchen wollte ihm über seinen gelackten Blondschopf streichen, was er rechtzeitig zu verhindern wusste. Streng wies er sie mit Blick und Wort zurecht, was ihr nur ein müdes Lächeln entlockte. Hier waren die Rollen klar verteilt: Er hatte das Geld, und sie brauchte es.

Heinz trank sein Bier aus, zahlte und verließ die Bar. Er hatte nicht mal den Namen der Kleinen an seinem Tisch erfahren. Und wenn sie ihn genannt hätte, wäre es eh ein Phantasiename gewesen. Draußen angekommen blieb er einen Moment stehen, blickte zurück und konnte nicht leugnen, dass es ihn schon ein bisschen in den Lenden gezwackt hatte.

Das leichtbekleidete Mädchen mit den Engelsflügeln vor der Bar versuchte unter Aufbietung all seiner körperlichen Reize, ihn wieder einzufangen. Sie lüpfte ihr T-Shirt bis zum Hals und wedelte verführerisch mit den angeklebten Flügeln. Heinz fiel es schwer, diese himmlische Einladung auszuschlagen, aber schließlich war er aus Neugierde hierhergekommen, nicht, um irgendwelche panerotischen Phantasien auszuleben. Anderseits tat ihm die namenlose Kleine an seinem Tisch in der Bar auch ein wenig leid. Ein Mann geht solo in eine Bar auf der Walking Street, gibt einen Drink aus und verabschiedet sich dann abrupt - das ist doch nicht normal. Er kam sich alt vor, alt und naiv, was er ja auch war.

Als er die Walking Street zurückging, sah er die beiden vom Nachbartisch, Hand in Hand, in einer Nebengasse verschwinden. Auf dem Weg in die Geschäftsräume?

Am nächsten Morgen saßen Dirk und Heinz nach dem Frühstück beisammen und rauchten um die Wette. Der Kaffee vor ihnen war schon kalt und die anderen Frühstücksgäste hatten das Weite gesucht.

„Gestern Abend war ich der Walking Street."

Dirk legte die angerauchte Zigarette in den Aschebecher und sah Heinz mit großen, fragenden Augen an.

„Es war, wie du vorausgesagt hast: ein Unterschied wie Tag und Nacht, nur dass dort die Nacht heller ist als der Tag, und interessanter. Eine andere Welt, grell, bunt, laut, verlockend, erotisch, …, verrucht."

„Na und?", unterbrach ihn Dirk.

„Ich habe in einer Bar ein Bier getrunken und im Nu hatte ich eine süße Begleiterin am Tisch, der ich einen Drink spediert habe."

„Und weiter? Worüber habt ihr euch unterhalten?"

„Na ja, unterhalten ist das falsche Wort. Ich kann kein Thai und diese Mädchen haben offensichtlich einen sehr begrenzten Wortschatz in punkto Englisch."

Dirk fuhr sich mit der Hand über seinen Bürstenschädel. „Das habe ich mir schon gedacht. Das reicht über *how are you*, *one thousand*, *two thousand* usw. nicht weit hinaus."

"Also verschleierte Prostitution?"

"Wenn du so willst. Man kann es auch Entwicklungshilfe nennen."

„Aber diese jungen Mädchen sind ja zum Teil noch halbe Kinder."

„One thousand , two thousand … es geht ums Geld, wie immer in der Prostitution. Nur, diese Mädchen werden kaum reich dabei. Sie unterhalten mit den Einnahmen ihre Familien, die unter ärmlichen Bedingungen auf dem Lande leben. Ihnen mangelt es am Nötigsten. Krass gesagt: Sie würden den Kitt aus den Fenstern fressen, wenn sie denn Fenster hätten."

„Also hätte ich etwas Gutes getan, wenn ich mit ihr *to the room* gegangen wäre?"

„Nicht unbedingt. Du hättest ihr auch *one thousand* in die Hand drücken können, ohne mit ihr aufs Zimmer zu gehen."

Heinz kratzte sich am Kinn und schwieg. Er leerte seine Pfeife aus und stand auf. „Jetzt gehe ich den Rest des Tages an den Swimming-Pool, da komme ich wenigstens nicht in Versuchung."

Dirk hob im Aufstehen den Zeigefinger: „Sag das nicht; wenn dort ein Bikini schwimmt, in dem Irada steckt, bekommst du vielleicht ein Augenleiden."

Der Bikini schwamm dort, und Irada steckte drin, aber er bekam kein Augenleiden.

Irada machte es sich sogar auf der Liege neben ihm bequem und begann zu plaudern. Sie habe heute ihren freien Tag – einen Tag in der Woche könne sie tun und lassen, was sie wolle. Die Arbeit im Resort gefalle ihr. Sie erzählte von den Kontakten mit Menschen aus aller Welt und der Möglichkeit Sprachen zu lernen.

„Your English is quite good", lobe Heinz sie, was sie mit einem Lächeln quittierte und zu einem Hechtsprung ins Wasser ansetzte. Nachdem sie zwei Längen geschwommen war, sagte sie beim Abtrocknen, sie kenne ein uriges Lokal (sie sagte *quaint*, das Heinz erst im Wörterbuch nachschauen musste), ganz in der Nähe des Resorts. Falls er Lust habe, könnten sie doch heute gemeinsam dort dinieren.

Heinz bemühte sich, seine Begeisterung nicht allzu offen zu zeigen. „Oh yes, very fine!"

„Okay, then we meet seven o'clock at the parking. We can go with my motorbike", sagte sie und verschwand mit dem Handtuch als Turban auf dem Kopf zu ihrer Unterkunft.

Heinz steckte sich eine Pfeife an und dachte: Es gibt Schönheiten, die erschrecken, weil sie eine allzu große Distanz aufbauen, und Schönheiten, wie Irada, die den Eindruck erwecken, man kenne sich seit langem. Was überhaupt ist Schönheit? Oft sind es gerade die kleinen Abweichungen vom Ideal, die eine Frau begehrenswert machen, ein leichter Silberblick, ein paar Sommersprossen auf der Nase, … Doch worin bei Irada die kleine Abweichung bestand, wollte ihm nicht einfallen.

Am Abend nach dem Dinner mit Irada lag Heinz auf seinem Bett und stierte auf die Schilfdecke über ihm. Dort stand in Großbuchstaben IRADA! Gekonnt hatte sie das Motorbike (natürlich gab es für beide einen Helm) zu dem urigen Restaurant gesteuert. „Halte dich bei mir fest, wenn du Angst hast", hatte sie beim Start gesagt. Er rückte ganz nah an sie heran und schlang die Arme um ihren Körper, obwohl er eigentlich keine Angst hatte. Bei der Dunkelheit fiel unterwegs kaum auf, wie verwahrlost die Gegend war, dass überall leere Plastiktüten herumwirbelten und die mit Plakaten vollgeklebten Leitungsmasten schief standen. Er war nur froh, dass er nicht selbst fahren musste, denn der Linksverkehr ist eine gewöhnungsbedürftige Sache. Alles ist spiegelverkehrt. Selbst beim Überqueren der Straße muss man erst nach rechts und dann nach links schauen. Verkehrte Welt!

Der Kellner im urigen Restaurant, schwarze lange Hose, weißes Hemd und rote Schürze mit einem für Heinz unlesbarem Aufdruck, konnte nur ein paar Brocken Englisch und so hatte Irada für beide bestellt. Der Tisch füllte sich bis zum Rand mit allerlei Leckereien: Fleisch vom Huhn, gegrillter Fisch, schleimige Garnelen, die dalagen, als würden sie nur schlafen, kleine gekochte, knallrote Krebse, Reisnudeln, rote, gelbe, braue Soßen, Bambussprossen, Papayasalat, ... Heinz probierte Fisch, Fleisch, Soßen, ... alles vorsichtig, ob er die jeweilige Probe seinen Geschmacksnerven zumuten konnte. Irada langte kräftig zu, und trotzdem blieb am Ende des Mahls eine Menge auf Tellern und Schüsseln zurück. Typisch thailändisch eben.

Bei einem Glas Wein (den musst du aussuchen, Thailänder sind keine Weinkenner) waren sie ins Plaudern gekommen. Irada glänzte nicht nur mit ihrem Englisch, sie konnte auch gut zuhören. Alles, was Heinz über Deutschland erzählte, schien sie zu interessieren. Ja, sie wusste sogar, dass Deutschland rechts von Frankreich liegt. Über das Resort haben sie auch gesprochen. Sie sei nicht ganz zufrieden mit ihrer Arbeit dort. Unter den Gästen seien zu viele Männer, die mit schlüpfrigen Angeboten eine Frau für eine Nacht suchten.

Heinz wechselte vom Bett zum Sessel, steckte sich eine Pfeife an und ließ seine Gedanken mit den Rauchkringeln zur Decke schweben. Wieso geht so eine hübsche junge Frau mit einem alten Knacker wie mir zum Dinner? Ich bin ja nun wirklich kein Adonis und auch kein Krösus. Respekt vor dem Alter? Zuhause, in Deutschland, schauen die jungen Leute an den Alten einfach vorbei. Oder hindurch, als seien sie Luft und würden gar nicht existieren. Wahrscheinlich wären sie sogar froh, wenn sie nicht existierten.

Dirk war mit seiner Schnecke – wie er sie nannte – für zwei Tage auf die Insel Koh Samet gefahren. Glasklares Wasser, weißer Strand, wenig Touristen und breite Betten - hatte er geschwärmt. Mit der Taucherbrille kannst du die Fische im Wasser zählen und die Betten sind für Turnübungen jeglicher Art geeignet. Seine „Schnecke" hatte er beim Bowling kennen gelernt. Sie habe so elegant ausgesehen, wenn sie die Kugel schob und ihren Popo nach oben reckte. Offensichtlich bahnte sich da etwas an.

Heinz wollte sich am Strand von Jomtien, einem Vorort von Pattaya, in der Sonne aalen. So blass wie ich bin, kann ich mich zuhause nicht sehen lassen. Bei der Suche nach einem geeigneten Platz wäre er beinahe über die Beine einer Schönen gestolpert. Eine junge Thai im Bikini – eine Seltenheit. Sie lag auf dem Bauch, hatte ihren BH aufgeknöpft und tippte wie wild auf ihrem Smartphone herum. Wäre da nicht ein dünnes Band zwischen den Po-Backen gewesen, hätte man denken können, sie sei nackt. Ihre eingeölten Po-Backen glänzten in der Sonne wie zwei reife gelb-braune Thai-Melonen. Ihre Haut schimmerte durch das Sonnenöl perlmuttartig. Diesen Körper mal einölen! Während er die Leberflecken auf ihrem Rücken zählte, sagte sie plötzlich auf Deutsch: „Was guckst du so, alter Zausel?" Oh, wie peinlich, offensichtlich war sie eine Deutsche und hatte im Smartphone nach hinten geschaut. Er hätte sie gern um Verzeihung gebeten, aber was gab es da zu verzeihen. Jugend ist ein unverdienter Vorzug, der nicht schrumpft, bloß weil man ihn anschaut. Der alte Zausel kniff die Augen zusammen, zog unwillkürlich den Bauch ein, versuchte durch Bewegung der Gesichtsmuskulatur eine verjüngte Physiognomie vorzutäuschen und konzentrierte sich im Weitergehen auf die Füße der Damen, die mehr oder weniger nackt den Strand bevölkerten. Er mietete eine Liege, aber absichtlich (oder aus Geiz?) keinen Schirm. Nach einer Stunde kam er sich vor wie der heilige Laurentius auf dem Rost, nur dass die Hitze hier von oben statt von unten kam.

Zuhause erschrak er über das Ergebnis: hässliche rote Flecken auf Bauch und Rücken, die wie Brandmale juckten. Und die Bauchfalten rot-weiß gestreift wie bei einem Zebra mit Gendefekt. Ein Protest der europäischen Epidermis! Dennoch fuhr er am nächsten Tag, bewaffnet mit einer Flasche Sonnenschutz, wieder hin. Er hatte allen Mut zusammengenommen und sich auf einem Motorroller vom Resort in den (Links!)Verkehr gewagt. Natürlich mit Helm und außerhalb der Stoßzeiten. Die Schöne von gestern konnte er nicht sehen, und er suchte auch nicht nach ihr.

Dieser Jomtien-Strand war wesentlich breiter als der in Pattaya an der Beach Road, aber leider genauso vollgemüllt wie jener. Wo am Vortag Großfamilien ihr Picknick abgehalten hatten, war am nächsten Tag noch zu sehen, woraus und womit getafelt worden war: halbleere Schalen aus Schaumpolystyrol, leere Plastikflaschen, Bestecks und Becher aus Plastik, leere Bierflaschen, Plastiktüten jeder Größe und Behältnisse unbekannter Bestimmung. Kein Wunder! Bei jedem Einkauf erhält der Kunde eine Plastiktüte, und die meisten Artikel sind in Plastik verpackt. Mülltrennung gibt es nicht. Wenn die Stadtreinigung mal den Strand säubert, fliegt alles in eine Tonne.

Er fand ein Standlokal, nahe am Wasser. Der Betreiber hatte den Strand im Umfeld von Unrat gesäubert und Sonnenschirme, flache Tische und Liegestühle in den Sand gestellt. Heinz ließ sich an einem freien Tisch nieder, streckte die Beine lang, vor sich ein kühles Bier und im Mund seine

Pipe mit einer Ladung Mac Baren. Wie im Nebeldunst hörte er die Gespräche an den Nachbartischen, von denen er kein Wort verstand. Er schaute hinauf auf den makellos blauen Himmel und das Meer, das am Horizont mit dem Himmel zusammenfloß. Weit draußen lagen einige Fischerbote, es roch nach Salz und Tang. Gestern Abend hatte er den Wetterbericht für Deutschland auf „Deutsche Welle" gesehen: Starker Schneefall, der am Boden schmilzt und zu gefährlichen Blitzeis gefriert.

Ende Februar in Thailand! Meine Pillen zur Blutdrucksenkung kann ich vergessen und Irada ist ein Prachtkerl – nein, ein Prachtweib.

Dutzende Menschen, Männer, Frauen und Kinder knieten auf dem Teppich vor der großen, vergoldeten Buddha-Figur, die Hände zum Wai gefaltet und mit dem Oberkörper auf und nieder wippend. Lord Gaudama Buddha schaute aus seinem goldenen Gesicht unbewegt, aber freundlich auf die Gläubigen nieder. Heinz hielt sich im Hintergrund und beobachtete die Zeremonie.

Nach dem Frühstück hatte er sich mutig aufs Motorbike geschwungen und war zum Tempel Wat Chai Mongkron an der Ecke South Pattaya Road und Second Road gefahren. Erstaunt musste er feststellten: Dieser Tempel befindet sich nahe der Walking Street – irgendwie passt das nicht zusammen. Eine Informationstafel klärte ihn auf: Der Tempel war schon 1937 errichtet worden, und da gab es noch keine Walking Street.

Im Inneren des Tempels war – genauso wie draußen – nicht mit Gold gespart worden. Figuren und Stuckornamente – alles vergoldet. Welch Aufwand für die Präsentation einer Religion! Doch wie ist es mit den anderen Religionen? Da mag das Volk noch so arm sein und darben – die Kirchen, Tempel und Moscheen quellen vor Reichtum über.

Vor der Buddha-Staue brannten hunderte Räucherstäbchen, deren Rauch in dünnen Fäden zur Decke kräuselte. Überall Blumen und Schalen mit Duftöl und Beigaben, die von den Besuchern abgelegt worden waren. Ein leicht muffiger Geruch, wie in alten Schlössern, konnte kaum vom Weihrauch der Räucherstäbchen überdeckt werden. Etwas Süßes lag auch in der Luft, vielleicht von den Blumen oder dem Parfüm der Besucherinnen.

Leicht benommen von der duftgeschwängerten Luft, verließ Heinz den Tempel und machte – trotz der Hitze – einen kleinen Rundgang durch das weitläufige Areal des Tempelgeländes, auf dem sich noch weitere kleinere Tempel und einige Profangebäude befanden. Alles war pieksauber, keinerlei Unrat, die Grünflächen frisch gewässert. Hin und wieder begegneten ihm kleine Grüppchen von Mönchen in ihren gelb-orangen Kutten. Barfuß liefen sie, selbst über Schotterwege.

Die Second Road erwies sich als Einbahnstraße, nur in nördlicher Richtung zu befahren, was Heinz die Orientierung auf der Heimfahrt erschwerte. Er bog in eine kleine Nebenstraße ein, von dort wieder in eine Nebengasse und hatte schließlich die Orientierung verloren. Was er hier unweit des prachtvollen Tempelgeländes sah, waren kleine, schmutzige Häuschen, von denen der Putz bröckelte, wenn sie denn jemals verputzt waren. Der Müll türmte sich bis auf die Straße, und es roch nach verdorbenem Essen, Erbrochenem und Ungeziefer. Zerlumpte Gestalten, Frauen und Männer, schlichen durch die Straße und sammelten leere Plastikflaschen. Halbnackte Kinder spielten mit einer Konservenbüchse Fußball, verwahrloste Straßenhunde drückten sich an den Hauswänden entlang. Der Kontrast zu dem eben besuchten Tempel könnte größer nicht sein. Als ein Hund begann, nach seinem Hosenbein zu schnappen, fuhr er zurück zum Tempel, und über die Pattaya-Thai Road fand er den Weg nach Hause.

Am letzten Abend seiner Gewinn-Reise saß Heinz mit Dirk bei einem Glas Wein zusammen. Dirk machte einen niedergeschlagenen Eindruck. Er war gestern von Koh Sameth zurückgekommen, ohne seine „Schnecke". Die hatte dort einen anderen gefunden und bye, bye gesagt. „Wohl besser so", war Dirks Kommentar. Sie habe ihn nach Strich und Faden belogen. Sie war verheiratet, vor ihrem aggressiven Mann geflohen und hatte Dirk zu ihrem fiskalischen Retter erkoren. Er strich sich mit der Hand über den Bürstenschädel und sagte: „ Du musst wissen: Wenn sie mit der Wahrheit nicht ans Ziel kommen, dann betrachten Thais Lügen als legitim. Nicht total lügen bedeutet für sie die Wahrheit sagen. Schwamm drüber!"

„Tut mir Leid für dich, wirklich."

„Und du? Was hast du angestellt?"

„Ich war hier am Swimming-Pool, dann mit Irada dinieren, mehrmals am Strand in Jomtien und in dem großen Tempel an der South Pattaya Road. Aus einem nochmaligen Treffen mit Irada ist leider nichts geworden, sie ist für zwei Wochen an ein anderes Resort verliehen worden."

„Und was sagst du zu Thailand?"

„Ja, hier könnte man leben, sofern man nicht zur unterprivilegierten Schicht gehört. Das Klima ist menschenfreundlich, die Leute nett und die Preise moderat. Ich habe mich in Läden umgesehen. Bei *den* Preisen könnte ich von meiner Rente gut leben. An Kleidung braucht man bei diesen Temperaturen wenig. Und ich habe mich in einem Pharmacy Shop erkundigt: Es gibt alle Medikamente, die ich je genommen habe, und zwar rezeptfrei."

„Du denkst an Auswandern?"

„Ich denke an Nachdenken."

„Typisch Physiker: Erst mal alle Argumente sammeln, bevor man eine Entscheidung fällt."

„Es wäre eine Entscheidung für den Rest meines Lebens!"

IV.

Wieder zuhause in Erlangen, saß Heinz, vom Jetlag noch ganz beduselt, in der Küche und sichtete die eingegangene Post. Das meiste war Werbung. Die wanderte sofort in den Papierkorb. Schade um das viele Papier, es füllt nur die blaue Tonne. Dann noch unbezahlte Rechnungen: Strom, Wasser, Abwasser, Müllabfuhr und so weiter.

In Bayern Klassik kamen Arien von Puccini. Vissi d'arte … für die Kunst hat sie gelebt. Und ich? Wofür habe ich gelebt? Er zündete sich eine Pfeife an und schaute zum Fenster hinaus. Der Forsythie-Busch war verblüht, und das Unkraut spross wie eh und je aus den Ritzen der Gehwegplatten. Die Vögel zwitscherten ihr Morgenkonzert in die Luft. Zwei Mädchen liefen am Haus vorbei. War das nicht Sophie mit ihrer Freundin Annabell? Ja, genau!

Aber sie schaut nicht mal zu mir herüber. Vielleicht denkt sie, ich bin noch in Thailand? Doch das könnte sie leicht überprüfen indem sie ihren Finger auf meinen Klingelknopf drückt, den Knopf, der nach ihrem Auszug praktisch überflüssig geworden ist. Oder befürchtet sie, dass ich sie hereinbitten und von dem Rendezvous mit ihrer Freundin abhalten könnte? Vissi per niente – der letzte Gang im Menü der Einsamkeit. Wie dem auch sei, keine Sentimentalität! Ich werde ihr per WhatsApp eine Nachricht schicken, dass ich noch existiere und zwar wieder ganz in ihrer Nähe. Ein kurzer Besuch bei ihrem alten Vater – dieses Opfer ist doch nicht zu viel verlangt.

Er öffnete Kurt, den Kühlschrank. Gähnende Leere!

Er schwang sich aufs Fahrrad, strampelte quer durch das Klinikum-Gelände und am Europakanal entlang zum EDEKA. Kein Auto auf dem Parkplatz, kein Mensch wuselte mit dem Einkaufswagen vor dem Laden herum. An der Tür des EDEKA hing gut sichtbar ein Schild: GESCHLOSSEN. Heinz schlug sich mit der Hand an die Stirn. Verdammt, es ist Sonntag! Er nahm die Hand wieder vom Kopf und hätte der Frau, die zufällig mit ihrem Hund vorbeiging, gern erzählt, dass in Thailand die meisten Läden auch sonntags geöffnet sind, manche sogar vierundzwanzig Stunden am Tag und sieben Tage die Woche. Die Frau hätte wahrscheinlich offenen Mundes gestaunt, ihn für einen Ausländer gehalten und geantwortet, dass in Deutschland alles geregelt ist, auch die Öffnungszeiten. Und Regeln seien einzuhalten, ob man sie gut findet oder nicht. Gottseidank!

Heinz schob sein Fahrrad zur nahegelegenen Aral-Tankstelle. Dort kaufte er im Shop das Nötigste: Ein paar belegte Brote, eine Flasche Mineralwasser, löslichen Kaffee und eine Flasche Wein. Das war zwar teurer als bei EDEKA, aber an Sonntagen die einzige Rettung. Auch eine Regel!

Die nächsten Tage verbrachte Heinz hauptsächlich am Computer. Nachdem er die fälligen Rechnungen beglichen hatte, gab er in Google die Suchwörter *Auswandern Thailand* ein. Mit den über Zehntausend Einträgen war er mehrere Wochen beschäftigt. Selbst wenn man die reißerischen Werbesprüche weglässt, die ein sorgenfreies Leben unter südlicher Sonne versprachen, selbst wenn man die Berichte von Auswanderern fragwürdig findet, die sich angeblich ohne Probleme integriert hatten, selbst dann blieben genügend Argumente, die Suchwörter *Auswandern Thailand* nicht aus den Gedanken zu streichen.

Der Wonnemonat Mai erwies sich tatsächlich als Wonne. Die Luft war noch nicht heiß, aber so warm, dass es Mann und Maus hinauszog, als wäre ein großes Freiluftspektakel angesagt. An einem Freitag fuhr Heinz mit seinem Freund Balder hinauf nach Kalchreuth, einem kleinen Ort, der wegen seiner Obstwirtschaft bekannt ist. Auf saftigen Wiesen standen die Obstbäume in voller Blüte und die herabfallenden Blütenblätter bedeckten das Gras wie ein Hauch von Schnee. Sie saßen auf einer Bank am Rande einer Obstplantage, Heinz paffte seine Pfeife und es gab eigentlich nichts zu sagen, nur zu schauen.

Balder deutete mit dem Zeigefinger in Richtung der weißen Pracht, drehte sich zu Heinz und sagte: „Dergleichen kannst du in Thailand nicht erleben."

Heinz nahm die Pfeife aus dem Mund und schlug die Asche am Rande der Bank aus. „Ja, und auch nicht die prächtige Laubfärbung im Herbst und die von pulvrigem Schnee bedeckte Landschaft im Winter. Und vieles andere mehr. Man kann eben nicht alles haben."

Balder wusste von Heinz' Auswanderungsabsichten, und obwohl er ein Reise-Onkel war – sie hatten gemeinsam etliche Reisen, auch Kreuzfahrten, gemacht – war er skeptisch. „Hast du dir das auch gut überlegt?"

„Ich bin noch am Überlegen."

„Ich kenne Thailand, bin zweimal dort gewesen. Es ist ein interessantes und lohnendes Reiseziel. Das Klima ist angenehm und die Menschen sind freundlich. Aber es ist eine andere Welt. Besuchen – ja, aber für immer?"

„Was heißt hier für immer? Ich bin Achtundsechzig, es ist nicht für immer es ist für den Rest."

„Und Sophie?"

„Das ist ja das Problem! Sie lässt sich kaum noch bei mir blicken. Sie braucht mich nicht mehr. Entscheidungen trifft sie allein. Oder mit ihrer Mutter, oder mit wem auch immer. Ich sitze in meinem viel zu großen Haus, lese Bücher, höre

Musik und pflege den Garten, den ich nicht benutze. Ich höre den Vögeln zu, wie sie zwitschern und der Heizung, wie sie rauscht. Aber eigentlich warte ich darauf, dass … Ja, worauf warte ich? Wenn dich niemand braucht, kommst du dir überflüssig vor. Was mir helfen könnte, ist ein ganz neuer Anfang, und vielleicht gelingt der mir nur weit, weit weg."

Die Sonne stieg höher und der Duft der Obstblüten imitierte ein Parfüm, das jeder künstlichen Duftkreation spottet. Ziellos schwirrten Bienen über die Wiese, nachdem sie sich an den Blüten sattgesaugt hatten, auf der Straße fuhr ein Touristenbus vorbei.

Beim Mittagessen im „Roten Ochsen" sprachen sie nicht mehr über Auswandern. Sie genossen das rosa Fleisch und die knackige Kruste eines leckeren Schäufeles, der berühmten fränkischen Spezialität. Auch etwas, das man in Thailand vergebens sucht.

Das schöne Wetter hielt bis zum Sonntag an. Heinz fühlte sich wie eingesperrt in seinen vier Wänden. Die Wohnung war geputzt, der Rasen gemäht, das Unkraut aus den Gehwegritzen gekratzt ...

Was tun?

Man könnte nochmal Staubwischen oder endlich den Artikel „Die physikalischen Grenze des Weltalls" lesen. Oder einfach nur dasitzen und warten, dass es klingelt.

Nein, genug des Wartens, und die *Grenze des Weltalls* reißt mir nicht aus. Ich gehe jetzt in die Stadt und tue so, als sei ich mit Sophie verabredet.

Nach längerem, ziellosem Herumlaufen legte er am Hugenottenplatz in einem Freiluft-Café – oder wie man jetzt sagt Open Air Café – eine Pause ein, bestellte einen Cappuccino, legte die *Erlanger Nachrichten*, die er gekauft hatte, auf den Tisch, las sie aber nicht, sondern beobachte die Sonntagsflaneure. Obwohl alle Geschäfte geschlossen hatten, war auf der Hauptstraße, die als Fußgängerzone den Hugenottenplatz tangiert, ein buntes Menschengewimmel zugange. Kinder standen in einem Ring um einen Leierkastenmann und versuchten *Suse, liebe Suse ...* mitzusingen. Eine alte Frau mit Rollator blieb stehen, schaute sich hilflos um und wischte sich den Schweiß von der Stirn. Junge Leute hockten in Gruppen beisammen, unterhielten sich aber nicht, sondern sprachen mit ihren Handys. Familien bummelten durch die Fußgängerzone, schoben Kinderwagen vor sich her und schauten sich hier und da die Auslagen in den Schaufenstern an.

Halt, ist das nicht Sophie, dort drüben auf der Hauptstraße? Na klar, das war sie. Heinz wollte schon zu ihr eilen und sie begrüßen, da sah er, dass sie nicht allein war. Er öffnete die Zeitung, hielt sie vors Gesicht und lugte über den oberen Rand. Ja, sie war nicht allein. Ein anderes Kind war dabei und Sophies Mutter. Sie hing am Arm eines Mannes mit langem dunklem Mantel. Ein stattlicher Mann, das war sogar von hier aus zu sehen. Offensichtlich hatte er gerade einen Witz gerissen, denn alle vier lachten so laut, dass es bis zum Café herüber zu hören war. Heinz saß offenen Mundes steif da, noch immer die Zeitung vorm Gesicht. Eine glückliche Familie, zu der Sophie, aber nicht *er* gehört! Heinz beobachtete das Quartett, bis es hinter der Ecke der Apotheke verschwunden war.

Was hatte er denn erwartet? Dass Sophie an solchen Spaziergängen nicht teilnimmt oder mürrisch hinterdrein läuft? Nein, sie tut, was ein vernünftiges Kind in der Situation, in die sie ohne eigene Schuld geraten ist, tun kann: Sie versucht sich mit der neuen Lage zu arrangieren.

Nach einigen Minuten, in denen Heinz keiner Regung fähig war, dämmerte es ihm: Dass Sophie zu ihm zurückkommen könnte, war nur eine Illusion, ein Wunschtraum, der irgendwo in einem Hinterstübchen seines Gehirns herumgeistert. Ein Wunsch, der sich nüchtern betrachtet nie erfüllen wird.

Inzwischen hatte der Himmel sich bewölkt. Kleine graue Wolken schwammen von West nach Ost und verdunkelten die Sonne. Der Wind fegte alte Zeitungen und Unrat über den Hugenottenplatz. Heinz stand auf und sah sich um, als würde er nach jemandem Ausschau halten. In Wirklichkeit versuchte er, in sich selbst hineinzuschauen. Über dem kalten Cappuccino und den zusammengefalteten *Erlanger Nachrichten* schwebte ein Entschluss in der Luft: TABULA RASA! Ich werde nach Thailand auswandern. Mit Achtundsechzig neu beginnen, weit, weit weg. Dieser Satz, zwar nicht laut ausgesprochen, hatte dennoch einen Touch von Entschlossenheit.

„Fräulein, bitte zahlen."

Es ist, als würde man einen Baum absägen und ohne Wurzeln an einen andern Platz setzen, in der Hoffnung, dass er wieder Wurzeln schlage. Auswandern ist ein harter Schnitt, mit der Axt in die Beine.

Den Hausverkauf vertraute Heinz einem Makler an.

Als es an das Ausräumen des Hauses ging, staunte er, was er alles besaß, Nützliches und völlig Nutzloses. Alles Nutzlose wanderte in den Abfallcontainer. Aber seine Bücher in die blaue Tonne zu drücken, bereitete ihm buchstäblich physischen Schmerz. So wanderten um die fünfundzwanzig Bücherkisten und alle Dinge, das er für aufbewahrenswert hielt, in einen angemieteten Lagerraum. Bis an die Decke stapelten sich die Kisten, er kam sich vor wie ein Hochstapler. Im Lagerraum standen auch das Vertiko und einige andere Möbel, sowie Bilder, der Fernseher und die Waschmaschine. Den Rest der Wohnungseinrichtung überantwortete er einer Räumungsfirma, die das Haus besenrein zu übergeben versprach. Was da mit seinem ehemaligen Zuhause geschah, wollte er nicht miterleben. Er ging an den Europakanal spazieren und trank in der Cafeteria der Klinik einen Kaffee, bis die muskelbepackten Männer der Räumungsfirma fertig waren. Einen großen Laster mit Anhänger hätten sie für das „Gerümpel", wie sie es nannten, gebraucht.

Auf dem Einwohnermeldeamt wurde sein Personalausweis verlangt. Doch der wurde nicht eingezogen, sondern auf der Rückseite mit einem Aufkleber versehen: „Kein fester Wohnort in Deutschland". Das klang sehr nach Clochard. Heinz nahm es gelassen, denn er hatte ja seinen Pass, Zeugnis seiner Existenz und seiner Staatsbürgerschaft.

Es war inzwischen November. Ein paar Tage noch im Hotel, Abschied von Verwandten und Bekannten und dann mit zwei großen Koffern via Frankfurt ab nach Bangkok.

V.

Er hielt den Schlüssel noch in der Hand, stand in der Mitte des Zimmers, neben sich die beiden Koffer, die wie zwei lauernde Hunde auf weitere Befehle warteten, und dachte: Angekommen. Dieses *Angekommen* hatte für ihn etwas Erschreckendes und zugleich Hoffnungsvolles. Er wusste nicht, was ihn erwartet, er wusste nur, dass er etwas gänzlich Neues würde wagen müssen. Viel Bewahrenswertes hatte er zurückgelassen. Es war eine Art Selbstamputation. Er schaute auf seine beiden Koffer und machte sich Mut: es geht auch ohne materiellen Ballast – wenn es gehen muss. Man kann vieles amputieren, Hauptsache, der Kopf ist noch dran.

Wie ein nicht abgeholter Fahrgast auf einem fremden Bahnhof stand er da und rieb sich den Hintern. Zwölf Stunden Flug, und danach drei Stunden Fahrt im Bus von Bangkok nach Jomtien – für einen achtundsechzig Jahre alten Popo eine Zumutung.

Dem Zimmer im Kondominium „View Taley", das Heinz per Internet noch in Erlangen gebucht hatte, sah man an, dass es schon viele Gäste beherbergt hatte. Eine banausische, abgewohnte Gemütlichkeit. Die Möbel, ein großer Kleiderschrank, eine Anrichte mit Fernseher darauf, ein Esstisch mit vier Stühlen und eine kleine Chaiselongue, zeigten deutlich die Spuren derer, die hier ihren Urlaub verbracht, oder – wie er – Zwischenstation gemacht hatten. Die Yuka-Palme aus verstaubter Plastik in der Ecke musterte er mit spöttischem Blick. Rundherum eine lieblose Tapete mit Rautenmuster. Den größten Platz nahm ein Doppelbett ein, das Heinz in seiner Ermattung gleich mal einem Liegeversuch unterzog. Die Matratze war hart, wie er es liebte, und offensichtlich kürzlich erneuert worden. Im Eingangsbereich befand sich rechts eine kleine Küchenzeile und links die Tür zu Bad und Toilette. Hier wird er erst mal hausen, bis seine Pläne Gestalt annehmen. Im Moment war alles noch nebelhaft, wie es sich für einen Neuanfang gehört.

Er trat auf den winzigen Balkon hinaus und zündete sich eine Pfeife an. Hier, von der achten Etage aus, hatte er einen Blick über den Parkplatz des Kondominiums, den Swimming-Pool mit seiner parkähnlichen Freifläche, und niedrigere Gebäude der näheren Umgebung. Zwischen zwei Hochhäusern konnte er das Meer und die Sonne sehen, die sich langsam dem Horizont näherte. Wenn man sich den Lärm der Straße wegdachte, war die ganze Szenerie in eine merkwürdig surrealistische Atmosphäre getaucht. Die Sonne warf ein kupferrotes Licht über das Land, das keinen Herbst und keinen Winter kennt. Er kam sich vor, wie der Entdecker einer neuen Welt, die doch längst entdeckt war. Es war später Nachmittag, aber in Deutschland und für Heinz war es Mittag. Er aß das belegte Brot vom Kiosk am Flughafen, duschte und fiel wie ein Halbtoter ins Bett.

Jede Gegend hat ihre eigenen Geräusche beim Erwachen. Hier waren es die Lieferautos und Motorbikes mit Beiwagen, die gegen Sechs ihre Waren zu den Straßenküchen brachten, und die das sanfte Rauschen des Meeres durch ihr Geknatter übertönten. Er duschte und fühlte sich danach dem Tag gewachsen. Im Buffet im Erdgeschoß des Kondominiums nahm er ein frugales Frühstück ein: Käsetoast, Jogurt und Kaffee, der schwarz war und bitter schmeckte.

Dann steckte er sich die Post-Frühstücks-Pfeife an und schlenderte die Thappraya Road entlang. Der Fußweg mutete wie eine Baustelle an und man musste aufpassen, dass man nicht in eines der unbedeckten Löcher fiel. „To Rent" – das

Schild auf den Lenkern der Motorbikes vor einem Laden stach ihm ins Auge. Vierhundert Baht für den ganzen Tag, inklusive Helm und eine Benzinfüllung. Umgerechnet zehn Euro – kein Preis für das, was er für diesen Tag plante. Irada, die Schöne aus dem „Lucky Sun" Resort, die er im Frühjahr bei seiner Schnupperreise kennen gelernt hatte, spukte ihm im Kopf herum, und seine Hoffnung auf ein Wiedersehen blühte auf wie eine Sonnenblume im Juni.

Der Verleiher erklärte ihm die Funktionen des Motorbikes, das einen elektrischen Anlasser hatte. Der Helm war unter dem Sitz verstaut. Er absolvierte eine kurze Testfahrt, und dann wagte er sich mit dem geliehenen Vehikel in den Linksverkehr. Den Weg zum „Lucky Sun" hatte er noch im Kopf. Er fuhr langsam, denn in diesem Verkehr ohne Regeln war äußerste Vorsicht geboten. Lediglich das Rot der Ampeln wurde auch von den Motorbikes respektiert.

Im „Lucky Sun" angekommen traf er sich mit Mathias, dem Manager des Resorts. Sie sprachen über belanglose Dinge, die Wirtschaftslage und das Wetter, über die aktuellen Gäste des Resorts, die nach Mathias Aussage immer älter wurden, bis Heinz sich langsam dem eigentlichen Grund seines Besuches näherte.

Mathias kräuselte die Stirn und blies den Rauch in die sonnenklare Luft. „Irada? Ja, ich erinnere mich. Sie hat hier als Bedienung gearbeitet. Vor zwei Wochen hat sie gekündigt und ist nach Chiang Mai gezogen, hat dort die Leitung eines Hotel-Restaurants übernommen, und soviel ich weiß, ist sie mit dem dortigen Hotel-Chef liiert."

Heinz ließ sich äußerlich seine Enttäuschung nicht anmerken und wechselte schnell das Thema. Innerlich konstatierte er: Zu spät gekommen oder zu viele Illusionen gehabt! So schnell führen Erfolg verheißende Pfade in ausweglose Gelände. Man sollte sich nicht über ein Geschenk freuen, das man noch nicht in der Hand hält.

Mathias bot Heinz ein Bier an und verwickelte ihn noch in ein Gespräch über das Hotel in Chiang Mai, ein Viersterne-Haus mit Hotelbar und Pool. Doch Heinz hörte gar nicht hin. Was geht mich dieses Hotel an und wie viel Sterne es hat. Mein Stern ist in einer anderen Galaxie verschwunden.

VI.

„Du musst dir eine Frau suchen!" Joseph, ein Wiener, achtundfünfzig, braun gebrannt, mit spiegelblanker Glatze, saß neben Heinz am Rand des Swimming-Pools, baumelte mit den Füßen im Wasser, strich sich mit der rechten Hand über seinen Bierbauch und schaute Heinz an wie ein Lehrer, der bei der Zeugnisausgabe Nachhilfestunden empfiehlt. Vor einer Woche hatte Heinz ihn in der Pool-Bar kennen gelernt, als der seine Bestellung aufgab. Aufgefallen war Heinz der wienerische Dialekt. Joseph hatte ihn mit einer Handgeste zu sich gewinkt. „Grias di, hock di nieder". Heinz war froh, dass er wieder mal in seiner Muttersprache parlieren konnte, denn Joseph sprach – wenn er wollte – auch Hochdeutsch. Seitdem trafen sie sich beinahe täglich am Swimming-Pool des Kondominiums. Joseph war nach eigenen Worten prakti-zierender Gelegenheitslyriker. Leider bekäme er seine an verschiedene Verlage eingesandten Gedichte immer wieder zurück, sie würden nicht zum Verlagsprogramm passen. So gab er die Gedichte Freunden und Bekannten zur Erbauung. Für Heinz, der mit Lyrik nichts am Hut hatte (er verstand nicht mal Rilkes Verse), waren sie schwer verständlich. Dass sich nichts reimte – okay, das war angesagter Stil, aber der Sinn der Verse blieb Heinz ein Rätsel. Das änderte jedoch nichts daran, dass Joseph ein angenehmer Gesprächspartner und vielseitig interessierter Zeitgenosse war. Mit ihm konnte man wunderbar über den Unterschied zwischen Buddhismus und Christentum streiten, wobei Joseph argumentierte, als sei er in beiden Religionen als Mönch tätig gewesen. Ein Typ, der nicht nur über Religionen und Historie Bescheid wusste, der nicht nur überspannte Lyrik produzierte, sondern auch über sich selber und seine Lyrik herzlich lachen konnte. Und er konnte Schach spielen, dass Heinz zuweilen der Schweiß auf die Stirn trat.

„Du musst dir eine Frau suchen!", wiederholte Joseph und stieß Heinz den Ellenbogen in die Seite. „Du willst doch nicht unbeweibt durch den Rest deines Lebens gehen. Frauen sind das Salz in der Suppe, und ohne Salz sind die Suppe und das Leben fade wie warmes Bier ohne Schaum. Erinnerst du dich an mein letztes Gedicht, zu dem mich meine Mon inspiriert hatte?

Nur durch sie konnte er atmen,
bis alles ins Nichts zerfloss
Hol mal tief Luft und denke daran."

Heinz holte tief Luft, beugte sich vor und sah im Wasser sein Spiegelbild. Sein Selbsturteil: alt, aber weder hässlich noch schön, eben durchschnittlich. Er blies die Backen auf, presste Luft durch die Zähne und erwiderte: „Ich hatte ja schon eine Kandidatin, aber bevor sie wissen konnte, dass sie meine Favoritin ist, war sie schon nach Chiang Mai entschwunden."

„Jetzt weiß ich, warum du mieser Stimmung bist. Lass den Kopf nicht hängen, es gibt eine Menge Thailänderinnen, die nur auf das Lächeln eines Farang warten."

„Wenn das mal so einfach wäre, bei meinem Alter und meiner Figur."

„Mein Lieber, hör auf einen Insider. Eine junge, hübsche Frau zu finden ist hier überhaupt kein Problem. Ob sie deinen Vorstellungen entspricht, musst du herausfinden. Ob man zusammen leben kann, erfährt man nur durch Zusammenleben. Gehe nicht an solche Orte wie die Walking Street, dort geht es nur um Money, Money. Das englische Wort für Zusammenleben kennen die gar nicht. Schau dich um, wenn du durch die Gegend schlenderst, lächle eine an, und wenn sie zurücklächelt, ziehst du an der Angel. Nichts ist einfacher als dieser erste Schritt."

„Vielleicht bin ich zu blöd oder zu alt für Anbahnung durch Lächeln?"

„Versuchs doch mal im Internet. Es gibt Dating-Seiten, mit hunderten Frauen, die einen Farang suchen. Aber sei vorsichtig, im Internet wird oft gemauschelt. Bei vielen der Damen spielt ein Altersunterschied von zig Jahren angeblich keine Rolle, aber in Wirklichkeit suchen sie nur eine Geld-quelle, die ihnen ein sorgloses Leben garantiert. Das sagen sie natürlich nicht direkt, du merkst es erst später." Joseph lächelte mit bitterer Miene: „Manchmal auch zu spät. Und eines muss dir immer klar sein: Die erste Geige bei allen Thais spielt immer ihre Familie. Du bist bestenfalls die Nummer Zwei."

Heinz nickte. „Man kann nicht immer die Nummer Eins sein. Also, Ösi, schwimmen wir noch eine Runde?"

„Alles klar, Piefke. Und nicht vergessen, morgen Abend – unsere Schachpartie! Ich hoffe, du lässt mich mal wieder gewinnen."

Als Heinz sein Zimmer betrat, sah er als erstes eine Wasserlache am Boden. Aus dem Air-Conditioner tröpfelte es wie aus einer Bewässerungsanlage. Zum Glück war das Gerät so angebracht, dass man einen Eimer darunter stellen konnte. Heinz wischte die Pfütze auf und rief den Vermieter an. „Ein Monteur kommt in einer halben Stunde vorbei." Heinz stellte sich auf eine Stunde ein und war froh, als es nach neunzig Minuten an der Tür klopfte. Der Monteur besah sich den Schaden und sagte: „Mmm", und noch etwas auf Thai, das Heinz zwar nicht verstand, aber mit einem Nicken quittierte. Dann holte der Monteur eine Leiter und machte sich an dem tröpfelnden Ding zu schaffen. Auch an dem Kompressor auf dem Balkon schraubte er herum. Äußerlich machte er den Eindruck als verstünde er was von der Sache. Und tatsächlich konnte der Air-Conditioner nach weiteren zehn Minuten das Wasser halten. Sawadii khrap, die Rechnung bitte an den Vermieter. Die Klimaanlage gehört zur Zimmerausstattung.

Vor zwanzig Jahren noch, im Zeitalter vor www. schrieb Heinz ellenlange Briefe auf Papier, jetzt chattet er oder schreibt E-Mails auf dem Computer. Das geht zwar schneller und ist billiger, aber er findet es irgendwie kulturlos. Beim Briefeschreiben galt: Erst denken, dann schreiben. Nur was fertig im Kopf existierte, floss über die Feder aufs Papier. Löschen oder ändern konnte man da nichts.

Wie dem auch sei, kulturlos oder nicht, jetzt schauen wir mal im Internet, ob Joseph Recht hat, und tippen dann eine Message in den Computer, ganz ohne Feder und Papier. Vorsichtshalber stellte er den Eimer unter die Klimaanalage. Als er den Laptop aufklappte, begann der Nachbar wieder auf seinem Schlagzeug zu üben. Bu-bum, bu-bum, bu-bum – ein Stakkato der wehtuenden Art. Die Wände wackelten, wenn er auf das Becken drosch. Mit Musik drum herum wäre es vielleicht zu ertragen gewesen, aber solo klang es wie Spaghetti Carbonare ohne Carbonare. Eine Dauerbleibe ist das hier nicht! Zu laut und zu dünne Wände. Bu-bum, bu-bum, bu-bum – für die nächste Stunde.

Über zwölftausend Bilder tauchten auf dem Bildschirm der Dating-Seite auf, alles Mädchen und Frauen zwischen achtzehn und fünfundsechzig, die einen Partner suchten. Wie kann das sein? Auch in Thailand ist doch das Verhältnis zwischen Frauen und Männern annähernd ausgeglichen. Gibt es so viele Frauen, die unbefriedigt sind, oder die geschlagen und vernachlässigt werden, oder gelangweilt durch den Alltag schlurfen? Oder haben sie finanzielle Probleme und suchen den Retter mit der dicken Brieftasche?

Zwölftausend Bilder! Wie soll man da die Eine finden, der eine Botschaft zu senden sich lohnt? Auf den anderen Dating-Seiten war es nicht besser. Will man Genaueres über die Damen erfahren, muss man sich gebührenpflichtig anmelden. Dabei muss man sich quasi nackt ausziehen, sich mit seinem eigenen Profil outen, wie man auf Neudeutsch sagt. Alter, Größe, Gewicht, Bildung, Beruf, Religion usw. Schließlich eine verbale Beschreibung und ein paar Fotos. Die Höhe des Bankkontos wird nicht abgefragt. Das geschieht subtiler: Solventer Herr sucht …

Was soll's. Heinz durchlief brav die ganze Prozedur der Profilerstellung und merkte dabei, wie schwer es ist, sich selbst zu beschreiben. Als er nach zwei Tassen Kaffee und drei Pfeifen fertig war, klopfte es an der Tür. Das konnte nur Joseph sein.

„Komm rein, es ist offen."

Joseph stand lächelnd in der Tür, das Schachbrett unter dem Arm. „Hab mir schon gedacht, dass du am Computer hängst. Und, schon eine gefunden?"

„Ha, ha, nicht eine, sondern zwölftausend! Um Näheres zu erfahren muss ich mich anmelden und erst mal mein eigenes Profil erstellen."

„Zeig mal dein Profil!"

Joseph setzte sich an den Computer und scrollte über den Bildschirm. Nach einer Weile rückte er den Stuhl zurück und schaute Heinz lächelnd an. „Ja, mein Lieber, ich erkenne dich, das bist du."

„Aber?"

„Aber *so* kannst du das nicht für eine Dating-Seite verwenden."

„Wieso, stimmt etwas nicht?"

„Doch, es stimmt alles. Aber *das* genau ist das Problem. Du darfst nicht schreiben wie du bist, sondern wie du willst, dass die Damen dich sehen, und dabei sollst du möglichst nahe an der Wahrheit bleiben. Das ist eine Kunst, mein Lieber. Du bist zu sehr Wissenschaftler und zu wenig Künstler. Das Internet ist kein Beichtstuhl, sondern eine Flunkerbude. Wahrscheinlich sind neunzig Prozent der Profile getürkt. Das beginnt mit Alter und Gewicht und endet mit den Fotos, die oft mehrere Jahre alt sind."

„Mm, sich selbst zu beschreiben ist schwieriger als andere."

Joseph klopfte Heinz auf die Schulter und sah ihn an wie ein Vater seinen minderbemittelten Sohn. „Komm her, ich werde dir einen Alternativvorschlag machen und du suchst inzwischen auf dem Smartphone ein paar Fotos heraus, auf denen du im besten Licht erscheinst. Sie können auch etwas älteren Datums sein. Die Selfies, die du gestern auf die Schnelle geschossen hast, sind ungeeignet."

Nach einer halben Stunde gab Joseph die Tastatur frei, lehnte sich zurück und deutete mit dem Finger auf den Bildschirm. Heinz las und runzelte die Stirn. „Naja, ähnlich ist es mir schon, ähnlich, aber nicht authentisch. Und bei meinem Alter und meinem Gewicht hast du dich vertippt."

„Du mit deinen rabulistischen Einwänden! Vertippen kann schon mal passieren. Dieses Profil ist kein Foto, sondern ein künstlerisches Abbild deiner Person."

„Aber das Wort *weltkompatibel* streichst du bitte. Kompatibel mit welcher Welt? Die Welt, aus der wir kommen, oder die Welt, in der wir jetzt leben? Also: Womit kompatibel? Weg damit!"

Widerwillig strich Joseph das Wort, das er so schön fand, aus.

„Okay, dann laden wir mein künstlerische Abbild jetzt hoch."

Nach einem Knopfdruck erschien nach kurzer Wartezeit auf der Dating-Seite ein neues Mitglied, ein Mann namens Heinz. Und statt weltkompatibel war er anpassungsfähig.

Joseph schob den Laptop zur Seite und baut das Schachbrett auf. „Jetzt wartest du erst mal paar Tage, ob sich Damen bei dir melden. Wenn nicht, oder wenn nix Passendes dabei ist, musst du selbst aktiv werden. Und jetzt musst du erst mal auf dem Brett aktiv werden; du hast Weiß und beginnst, dafür gewinne ich heute."

Heinz begann mit einer selbsterdachten Eröffnung und opferte bald einen Turm und einen Läufer, um Joseph eine Falle zu stellen. Josephs Pokerface ließ nicht ahnen, dass er das Manöver durchschaut hatte. Er machte einige belanglose Züge und ließ seinen Blick hin und her schweifen, als würde er an zehn Brettern gleichzeitig spielen. Dann schlug er mit einem trockenen „Plop" Heinz' Dame und damit war das Spiel für Heinz verloren. Er legte seinen König schlafen.

Nachdem Joseph gegangen war, saß Heinz wie die Venus Victrix auf seiner Chaiselongue, den Kopf auf den rechten Arm gestützt und in der linken Hand ein Glas Hong Thong, ein thailändischer Weinbrand, der zwar an einen Cognac nicht heranreicht, aber trinkbar ist.

Er sah sich in seinem Zimmer um. Wie viel braucht der Mensch zum Leben? Vierzig Quadratmeter möbliert und zwei Koffer mit dem Nötigsten? Vor wenigen Wochen noch hatte er ein Haus mit vier Zimmern, ein Büro im Souterrain und einen Mercedes in der Garage. Und was in diesem Haus alles herumstand und lag! Misst sich das Glück eines Menschen an seinem Besitz? Er ging auf den winzigen Balkon, steckte sich eine Pfeife an und blickte über das nächtliche Jomtien. Die nach oben verjüngten Hochhäuser sahen aus wie Weihnachtsbäume, deren erleuchtete Fenster die Kerzen imitierten. Dazwischen flutete auf der vierspurigen Thappraya Road der Verkehr, in nördlicher Richtung nach Pattaya City und in der anderen nach Na Jomtien. Ein tiefer gelegter Pick-Up stieß eine schwarze Wolke aus. Auf dem Abzweig zur Jomtien-Beach Road wimmelte es von Menschen. Alle Geschäfte und Bars waren geöffnet, solange noch Kunden kommen, oder wie lange es dem Besitzer gerade gefällt. Die dunkle Fläche des Meeres war unterbrochen von hell leuchtenden Punkten. Fischerboote, die mit ihren starken Scheinwerfern Fische anlocken. Ein lauer Wind wehte von Süden her, Jomtien im Dezember und um Mitternacht immer noch achtundzwanzig Grad. Plus! Und die Klimaanlage tröpfelte schon wieder.

Am nächsten Morgen, es war Sonntag, flutete der Verkehrt über die Thappraya Road als hätte niemand bemerkt, dass Sonntag ist. Die Menschen wuselten herum wie jeden Tag, nur die Mitarbeiter von Behörden und Banken hatten frei. Ein Lieferwagen hielt vor dem Minimarkt, wo Heinz immer seine Marmelade kaufte, und lud Kisten und Kartons ab, die den ganzen Gehweg versperrten. Zurück von seinem alltäglichen Morgenschwimmen im Meer, ging Heinz erst mal auf die Toilette (der Harndrang nach dem Schwimmen!), startete dann den Computer und loggte sich in die Dating-Seite ein. Vierundsechzig Zuschriften! Voller Tatendrang, im

Kopf das Bild Iradas, sichtete er die Profile der kontaktfreudigen Damen und las deren Messages.

Als Joseph ihn zum Mittagessen in die Pool-Bar rief (natürlich per SMS), war Heinz' Stimmung auf dem Nullpunkt. Schon die Fotos waren eine Enttäuschung (keine Irada dabei). Entweder es gab zum Profil nur ein einziges Foto (ein Bild ist kein Bild – so Joseph), oder die Fotos passten überhaupt nicht zum angegebenen Alter. Oder was er sah, entsprach nicht seinem Geschmack. Oder Größe und Gewicht (selbst wenn es stimmte) wichen stark von seinen Vorstellungen ab. Manche der Damen lehnten es auch ab, den Wohnort zu wechseln. Sollte er etwa in einem winzigen Nest irgendwo im Isaan[1] Schweine hüten und bis zu den Waden im Wasser Reis ernten? Und dann die Texte! Heinz war klar, dass sein Englisch auch nicht gerade nach Oxford klang, aber was die Damen da schrieben, war für ihn Kauderwelsch, kaum entzifferbar. Das lag wohl auch daran, dass die Thai-Sprache und die europäischen Sprachen in Syntax und Semantik so verschieden sind. In Thai gibt es weder Punkt (also auch keine abgeschlossenen Sätze), noch Ausrufezeichen, Fragezeichen, Komma oder Semikolon und auch kein Präteritum oder Futur – alles folgt aus dem Kontext. Es gibt auch keine Großbuchstaben und mehrere Wörter werden ohne Leerzeichen dazwischen aneinandergereiht (bis die Zeile voll ist), was ellenlange Buchstabenwürmer produziert. Entsprechend sehen dann auch die englischen Texte aus:
ilookamanehrlichandgreat ibestfrau ....

„Was is nu?", fragte Joseph noch einmal per SMS, „Min (die Namen seiner Ladys fingen meist mit M an) hat Hunger und will ohne dich nicht anfangen."

---

[1] Isaan: Nord-Östliches Gebiet in Thailand, vorwiegend landwirtschaftlich genutzt

„Wer ist Min? Schon wieder eine Neue?"

„Komm runter, dann wirst du sie sehen."

Heinz klappte den Laptop zu, zog sich ein frisches T-Shirt über, und – obwohl ihm der Hunger vergangen war – machte er sich auf den Weg zur Pool-Bar. Der Lift war wieder mal *out of operation* und so hatte er beim Abstieg über die acht Etagen Zeit, das Wirrwarr in seinem Kopf zu aufzudröseln. *Ilookamanehrlichandgreat ibestfrau* – wenn es schon so losgeht!

Joseph empfing ihn mit Heinz' Horoskop des heutigen Tages (ja, er glaubt an solchen Hokuspokus), das nichts Gutes versprach. „Na", sagte Heinz, „kein Wunder" und war irgendwie froh, dass wenigstens das Horoskop seiner Stimmung entsprach. Auch der erfreuliche Anblick von Min's Busen, der vom Bikini nur notdürftig verdeckt wurde, konnte ihn nicht recht aufheitern.

Dennoch nahm er das Bild dieses kaum verhüllten Busens mit, als er nach dem Essen, einer halben Flasche Wein und drei Gin-Tonic aufstand und auf sein Zimmer ging. Acht Etagen zu Fuß. Und je höher er kam, umso größer und nackter wurde der Busen. Als er oben ankam drehte sich das Zimmer, deshalb legte er sich in die Mitte dieses Karussells aufs Bett und dachte: Ich liebe eigentlich mehr die kleinen Busen, die kommen nicht ins Hängen, wenn im Alter die Schwerkraft zunimmt. So klein wie bei Irada. *Mit dem dortigen Hotel-Chef liiert...* Konntest du nicht auf mich warten? *Viersterne-Haus mit Hotelbar und Pool ...* pah, unter vier Sternen machen wir's nicht. Joseph hat's gut. Der wechselt die Busen wie das Meer Ebbe und Flut. Wenn die Klimaanlage nochmal zu tröpfeln anfängt, verlange ich eine neue. So geht das nicht, koop khun khrap[1]. Morgen ist auch noch ein Tag ...

„Uff, das wird nix", stöhnte Heinz. Nach zwei weiteren Tagen hatte er noch keine Favoritin gefunden. Eine große Auswahl ist manchmal hinderlich die Eine zu finden. Vielleicht lag es auch daran, dass Irada immer noch in seinem Kopf herumgeisterte.

„Genauso habe ich es erwartet", tröstete ihn Joseph und legte ihm die Hand auf die Schulter. „Taucht ein neuer Kandidat auf der Dating-Seite auf, stürzen sich die Damen, die jahrelang keinen Erfolg hatten, auf den Neuankömmling. Reine Erfahrungssache."

„Und was nun?" Heinz stand wie ein abgewiesener Kandidat einer Casting-Show vor Joseph, die Hände in den Hosentaschen und die Schultern tiefergelegt.

„Du musst selbst aktiv werden und die erweiterte Suchfunktion nutzen. Mit einem Filter sortierst du alle Einträge aus, die dich eh nicht interessieren. Zum Beispiel das Alter: von ...bis. Sortiere auch diejenigen aus, die zuletzt vor mehr als einem Monat aktiv waren. Die Dating-Seiten lieben es, alle Leichen aus ihrem Keller mitzuschleppen, um mit einer hohen Zahl von Mitgliedern zu glänzen."

Als Heinz am nächsten Morgen, stolz wie ein Krieger nach gewonnener Schlacht, Joseph am Pool begegnete, ahnte dieser schon, dass es etwas Erfreuliches zu berichten gab.

„Es hat geklappt. Mit dem Filter reduzierte sich die Zahl auf fünfundzwanzig, und nach Durchsicht der Fotos blieben drei übrig. Einem Mädchen, einer gewissen Kitty aus Bangkok, habe ich sofort geschrieben, und binnen dreißig Minu-

---

[1] Vielen Dank

ten kam die Antwort. Eine Stunde lang haben wir dann ge-chattet und es scheint, wir schwimmen auf derselben Welle. Allerdings ist sie erst achtunddreißig."

„Und was hat sie als Wunschalter ihres Partners angege-ben?"

„Maximal achtzig Jahre! Kaum zu glauben, aber wahr. Gibt man sich als älterer Mann mit einer Partnerin, die so viel jünger ist, nicht der Lächerlichkeit preis?"

„Gibt sich eine deutsche Frau etwa der Lächerlich preis, wenn sie einen hässlichen Mann liebt, oder einen, der im Knast sitzt?"

„Schlechter Vergleich!"

„Heinz, das ist Thailand! Da spielt das Alter eine andere Rolle als bei uns. Das hat zwar auch pekuniäre Gründe, aber nicht nur. Es gibt genügend Beispiele, wo Frauen von ihren Thai-Ehemännern verlassen werden, einfach so, von heute auf morgen. Und dann stehen sie vor dem Problem, sich und ihr Kind alleine versorgen zu müssen. Farang-Männer hauen nicht mir nichts, dir nichts ab. Sie sind verlässlicher. Und wenn sie sich doch trennen, dann zahlen sie Unterhalt, was Thai-Männer gewöhnlich nicht tun.

Noch ein Tip: Eines solltest du vermeiden: Jungen Thai-Frauen das Leben erklären zu wollen. Wir alten Farang kommen da leicht in Versuchung, aber es ist sinnlos. Sie wissen alles besser! Das musst du nicht glauben, aber nimm es zur Kenntnis."

„Danke für deine Hinweise, aber wie geht es nun weiter?"

„Jetzt solltest du ihr ein Treffen vorschlagen, denn in der Realität sieht so manches anders aus als im Internet. *Face by face* ist das Zauberwort."

„Das habe ich schon gemacht, am Sonntag fahre ich nach Bangkok, wir treffen uns *face by face*, wie du das nennst."

„Ich erkenne dich ja kaum wieder. Heinz, der forsche Draufgänger, der nichts anbrennen lässt" Damit sprang er mit einem Hechtsprung ins Wasser und war von der Oberfläche verschwunden.

Die Shopping-Mall, die Kitty als Treffpunkt vorgeschlagen hatte, war eine unter vielen und im Stadtgewirr kaum zu finden. Bangkok ist ein Riesen-Moloch und Shopping-Malls gibt es ohne Zahl. Heinz hatte zwar einen Stadtplan, aber den schlug er gar nicht erst auf, sondern nahm vom Busbahnhof ein Motorrad-Taxi. Er gab dem Fahrer den Zettel mit dem auf Thai geschriebenem Fahrtziel. Der verlangte erst mal zweihundert Baht und stürzte sich dann mit somnambuler Sicherheit in den Verkehr. Abgesehen davon, dass in Thailand links gefahren wird, scheint es keine festen Regeln zu geben. Jeder fährt so, dass er schnell voran kommt und sich und andere möglichst wenig gefährdet. Dass es nicht mehr Unfälle gibt, grenzt an ein Wunder.

An der Shopping-Mall angekommen, postierte sich Heinz wie vereinbart am Haupteingang und hielt Ausschau nach Kitty. Er war dreißig Minuten zu früh – eben ein echter Deutscher. Er legte sich in der Wartezeit einige Sätze für die Begrüßung zurecht. Nichts ist in einer solchen Situation peinlicher, als Sprachlosigkeit. Als er nach einer Stunde Wartens bereits am Erfolg dieses Unternehmens zu zweifeln begann, tippte ihm jemand auf die Schulter. „Hallo, I am Kitty. You are Heinz?"

Heinz wandte sich um und stotterte: „Yes, I am Heinz. Nice to see you." Die zurechtgelegten Sätze waren wie weggeblasen. Sie machte den Wai, er machte den Wai und nach kurzer Pause fragte sie: „What we do?" Beinahe hätte Heinz ihr Englisch verbessert, aber er konnte sich gerade noch bremsen. Belehren und Kritisieren – nein, das geht gar nicht. Ihre zweite Frage war eigentlich eine Antwort: „Restaurant?" Heinz nickte nur. Sie nahm ihn bei der Hand und zog ihn ins Gewühl der Shopping-Mall.

Sie bewegte sich durch die Mall, als wäre sie hier zuhause. Ihr kurzes Röckchen flatterte, ihre langen Haare flatterten und Heinz stolperte hinterher. Sie ließ McDonalds und das Pizza-Restaurant links liegen und steuerte ein thailändisches Lokal mit dem Namen „อาหารทะเล" an. Heinz wusste natürlich nicht, was das bedeutet. Das wurde ihm klar, als er die Fotos in der Speisekarte sah – das muss „Seafood" heißen. Krebse, Garnelen, Muscheln, Krabben,…gekocht, gedünstet, gegrillt, angerichtet mit verschiedenen Salaten und mit roten Chilis verziert. Ein Warnsignal für Heinz: very spicy! Er erinnerte sich an ein Restaurant in Pattaya, kurz nachdem er in Thailand angekommen war. Nichtsahnend hatte er aus der Speisekarte ausgewählt, was auf dem Foto lecker aussah. Er brachte nur einen Bissen runter, dann brannten Mund und Rachen, als hätte er sich als Feuerschlucker versucht. Nie wieder!

Heinz klappte die Speisekarte zu und erklärte Kitty, er lasse das Lunch aus und trinke nur ein Bier.

Kitty schaute ihn mit ihren schwarzen Augen ungläubig an. Sie ahnte, warum er kniff. Sie legte ihm die Hand auf den Arm, „I order for you not spicy." Die Bedienung, ein junges Mädchen in schicker Uniform, kam und begann eine längere Unterhaltung mit Kitty. Das Mädchen nickte immer wieder freundlich und kritzelte etwas auf ihren Block, wobei sie Heinz unauffällig mit neugierigen Blicken streifte. Kitty zeigte mit dem Finger auf verschiedene Stellen der Speisekarte, was jeweils eine längere Diskussion zwischen den beiden Frauen auslöste. Heinz staunte. Was sich hier wie die

Erörterung eines komplizierten Sachverhaltes anhörte, war doch eigentlich nur die Essenbestellung für zwei Personen. Aber eben auf Thailändisch!

Als erstes kam das Bier, dann ein lila Saft aus irgendeiner Frucht für Kitty. Dann füllte sich der Tisch mit zahllosen Schüsseln, Tellern, Schälchen und einer Stellage mit verschiedenen Essenzen. Will sie sich durch die ganze Speisekarte essen? Vor Heinz stand nur ein Teller – Papaya-Salat, not spicy. Kittys Bitte war in der Küche angekommen – der Salat war essbar, und nicht nur essbar, sondern very, very lecker. Das konnte er voller Stolz sogar auf Thai verkünden: „Alloy mak mak."

Während des Essens erzählten sie sich ausführlich, was in einem Profil auf der Dating-Seite keinen Platz hatte. Kitty lebe mit ihrer Mutter und den beiden Kindern ihrer Schwester in einem Außenbezirk von Bangkok. Sie habe einen Verkaufsstand für kleine Snacks in einer nahegelegenen Schule. Dort versorgen sich die Schüler mit ihren Pausenbroten. Die kleinen Mahlzeiten bereite Kitty selber zu, unter Anleitung ihrer Mutter, die ansonsten offensichtlich keiner festen Beschäftigung nachgeht. Heinz erzählte, woher er komme, und warum er beschlossen habe, in Thailand zu leben. Kitty interessierte sich dafür, wo und wie er in Thailand lebt – allein, oder …? Allein in einem Appartement in einem Kondominium in Jomtien, nahe Pattaya.

Nach reichlich einer Stunde legte Kitty ihre Essstäbchen beiseite, wischte sich den Mund mit der Serviette ab und schaute Heinz fragend an: „We go?"

Im Hinausgehen schaute Heinz auf die Uhr. Nur noch eine halbe Stunde, dann muss er sich auf den Weg zum Fernbus machen. Aber das Schwierigste stand noch bevor: Wie kann er Kitty dazu bringen, ihn nächste Woche in Jomtien zu besuchen? Vielleicht sogar zwei Tage (und eine Nacht)? Auf dem Weg durch die Mall zum Ausgang fragte er sie wie nebenbei: „Can you visit me next weekend in Jomtien? Maybe Saturday and Sunday?" Man könne doch einige Sehenswürdigkeiten in der Umgebung besichtigen. Als er anhob, einige Ausflugsziele aufzuzählen, unterbrach sie ihn mit einer sehr kurzen Antwort: „Yes, I can." Sie machte den Eindruck, als hätte sie denselben Plan auch schon ins Auge gefasst. Am Ausgang der Mall küsste sie Heinz auf die Wange und verschwand in der Menge. Heinz schnipste mit den Fingern und sagte zu sich selbst: „Ja, das könnte was werden." Die vorbeigehenden Leute wunderten sich, was dieser alte Farang da vor sich hinmurmelte. Eine alte Frau saß auf den Stufen und hielt die offene Hand nach vorn. Heinz legte einen Zwanzig-Baht-Schein hinein, den die Frau schnell verschwinden ließ.

VII.

„Phantastisch, einfach phantastisch!" Heinz strahlte, als hätte er im Lotto gewonnen.

Joseph, der auf einer Liege am Swimming-Pool vor sich hin dämmerte, schaute Heinz mit zusammengekniffenen Augen an. Natürlich konnte er sich denken, was Heinz so phantastisch fand, dennoch fragte er: „Meinst du das Wetter?"

„Nein, natürlich Bangkok und Kitty."

„Na, erzähl schon! Sonst platzt du mir noch?"

Heinz überlegte, wie er das Durcheinander in seinem Kopf auf die Reihe bringen könnte. „Ihr Profil auf der Dating-Seite war nicht gelogen und auch nicht die Fotos. Kitty ist eine Perle, jung, hübsch, schlank und gar nicht schüchtern. Okay, ihr Englisch ist nicht so toll, aber sie hat keine Scheu, munter drauflos zu plappern, und meistens konnte ich herausfinden, was sie meinte."

Joseph kratzte sich am Kinn, wie ein Lehrer, der mit der Antwort seines Schülers nicht ganz zufrieden war. „Nu mal langsam mit die jungen Pferde! Was und wie diese Kitty in Wirklichkeit ist, muss sich erst noch herausstellen. Oft trügt der erste Schein. Du kennst doch den Spruch, dass vielen Männern der Verstand in die Hose rutscht, wenn sie ein hübsches Weib sehen."

„Na ja, von *Hose rutschen* war erst mal nicht die Rede."

Joseph setzte sich auf und sah Heinz streng wie ein Lehrer an. „Dennoch Vorsicht! Ich habe selbst erlebt, dass viele Thai-Ladys bei der Anbahnung einer Beziehung zu einem Farang sehr geschickt agieren. Nicht selten geht es dabei schlicht und einfach ums liebe Geld"

Heinz ärgerte sich ein wenig über Josephs Ambivalenz: Einerseits animiert er ihn, die Fährte aufzunehmen (*du musst dir eine Frau suchen*), anderseits warnt er ihn vor den Folgen. Aber vielleicht ist es gerade das, was er braucht: In die Frucht beißen, aber Vorsicht vor den Kernen.

„Joseph, du nimmst mir den ganzen Enthusiasmus. Ich glaube, Kitty ist da anders. Aber nächstes Wochenende besucht sie mich hier. Dann kannst du dir selbst ein Bild machen und mich einen Naivling oder einen Glückspilz nennen."

Joseph setzte seine Sonnenbrille ab und gab Heinz einen Klaps auf die Schulter. „Okay, so machen wir es. Und jetzt rein in die lauwarme Brühe!"

Am Samstagmorgen war Heinz natürlich zu früh am Busbahnhof an der Thappraya Road in Jomtien. Es gab kaum ein schattiges Plätzchen, und Sitzplätze gab es gar keine. Wieder und wieder schaute er auf die Uhr, deren Zeiger sich langsam wie eine Schnecke bewegten. Nach einer halben Stunde, er wollte sich gerade eine Pfeife anstecken, bog der große blaue Bus um die Ecke. Kitty war eine der Ersten, die heraussprangen. Hallo! Hallo! Küsschen, Küsschen und Umarmung, als würde man sich seit Ewigkeiten kennen.

„What about your bus-travel?", fragte Heinz.

"I sleep all the time", sagte Kitty und erzählte noch etwas auf Englisch, das Heinz nicht verstand. Er nickte trotzdem.

Kitty schaute sich neugierig aber nicht sehr überrascht um, als sie in Heinz' Zimmer ankamen. Sie warf einen Blick ins Bad und ging auf den Balkon. Von dort aus hatte sie freie Sicht über die Dächer der Häuser und zwischen den Hochhäusern auf das Meer. „I like the sea, but I cannot swim", sagte sie und schlug die Augen nieder.

„We have a big Swimming Pool here at the Condominium, I will teach you to swim when you are living here."

Hatte sie verstanden, dass darin eine Frage … und eine Hoffnung lag?

Sie gingen wieder hinein ins Zimmer, und Kitty musterte die winzige Kochzeile und das breite Bett, das ein Viertel des Raums einnahm. Sie drehte sich um die eigene Achse und fragte: „You buy or you rent?"

„Rent", antwortete Heinz. Er habe das Appartement nur gemietet, weil er sich noch nicht sicher sei, wo er sich in Thailand niederlassen werde.

Dann schnappte sich Kitty ihre Reisetasche und verschwand im Bad. Nach einer halben Stunde kam sie wieder heraus, in weißen Hot-Pants und einem frechen T-Shirt. Die feuchten Haare hatte sie mit einem Handtuch zum Turban gebunden. „Go lunch?"

In Jomtien zu Mittag essen – kein Problem. In der näheren Umgebung des Kondominiums gab es jede Menge Restaurants, einfache Thai-Küchen mit Tischen und Hockern im Freien, aber auch noble Lokale. Die hatte Heinz bisher gemieden, nachdem er die vor dem Eingang ausliegenden Speisekarten inspiziert hatte. Man kann in einer Thai-Küche für 60 Baht satt werden, es schmeckt vorzüglich (wenn man *not to spicy* ordert), und eine Flasche Wasser bekommt man gratis dazu. In den noblen Restaurants muss man dagegen etwa das Fünffache veranschlagen. Dafür sitzt man auf bequemen Stühlen oder Sesseln, auf dem Tisch liegt eine Stoff-Tischdecke, eine Stoff-Serviette und schweres Besteck, inklusive eines Messers, das in Thai-Küchen fehlt. Das Wasser heißt „San Pellegrino" und kommt aus Italien.

Aber dem Magen ist das alles egal.

Heinz auch.

Kitty nicht.

Sie ging zielstrebig auf ein Restaurant namens „Da Nicola" zu und fand es *beautiful*. Heinz zuckte kaum merklich, aber nickte. Immerhin konnte man draußen auf der Terrasse sitzen, was gut war, falls bei Heinz die Lunge pfiff. Kitty raucht nicht. Als Heinz sie danach fragte, machte sie nur „Brrrrrr."

Noch bevor das Essen gebracht wurde, rutschte Kitty unruhig auf ihrem Stuhl hin und her und ihre Augen irrten ziellos durch die Gegend. Irgendetwas wollte sie loswerden, aber fand wohl nicht die rechten Wörter.

Nach dem Essen setzte sie schließlich zu einer längeren Rede an, die Heinz nur zur Hälfte verstand. Klar wurde nur: Kittys Mutter verbiete ihr, mit einem Mann zusammenzuleben (oder mit ihm zu schlafen – das hatte Heinz nicht ganz verstanden), mit dem sie nicht mindestens verlobt sei.

Und was „verlobt" auf Thailändisch bedeutet, hatte Kitty auch erklärt. Er, Heinz, müsse ihr einen goldenen Ring kaufen und ihn ihr vor den Augen der Mutter mit einer Verlobungserklärung anstecken. Okay, die Verlobungserklärung verstehe die Mutter eh nicht, aber es komme auf die Prozedur an.

Was nun? dachte Heinz. Wenn er ehrlich war, schien sich das Sahnehäubchen auf seinem Plan fürs Wochenende in Luft aufzulösen. Ohne seine Enttäuschung verbergen zu können, fragte er: „Should I book for you a hotel?"

Kitty verzog das Gesicht zu einer nachdenklichen Miene. In Wahrheit hatte sie natürlich längst verstanden, worum es ging. Genau genommen gehörte dieser Ring zu *ihrem* Plan für das Wochenende. Doch davon hatte Heinz in diesem Moment nicht die geringste Ahnung. Er war viel zu sehr damit beschäftigt, sich die bevorstehende Nacht *mit* oder *ohne* Kitty vorzustellen.

Sie schaute ihn an wie eine Mutter, die ihr krankes Kind trösten will, legte ihre Hand beruhigend auf die seine und meinte, es gäbe vielleicht eine Lösung für dieses Problem, eine Lösung ohne Hotel. Sie könnten gemeinsam nach dem Essen in einem Gold-Shop einen Ring kaufen und am Abend beim Dinner eine kleine private Pre-Verlobung feiern. Ihre Mutter müsse davon ja nichts erfahren, und die richtige Verlobung könne man dann bei nächster Gelegenheit in Anwesenheit der Mutter nachholen. Heinz hob sein Glas und prostete Kitty zu: „Good idea."

Nach dem Essen fuhren sie in einem 10-Baht-Bus nach Pattaya-City. Manchmal sind diese Mini-Busse – umgebaute Pick-Ups für den Innenstadtverkehr – völlig überfüllt, heute saßen Kitty und Heinz ganz bequem allein auf den Bänken der Ladefläche. In Pattaya stiegen sie im Zentrum aus, und gingen zielstrebig zu einem der zahlreichen Gold-Shops im „Central Festival".

Auf rotem Samt lagen sie, mindestens hundert verschiedene Ringe und daneben das Preisschild. Heinz war klar, dass er sich nicht kleinlich zeigen durfte, sich aber anderseits auch ein Preislimit setzen musste. „Upto tenthousend Baht", sagte er kurz, aber bestimmt. Kitty nickte, und ihre Augen begannen über die Auslagen zu wandern. Solch eine Prozedur dauert bei Frauen auf der ganzen Welt eine geraume Zeit, bei Kitty dauerte sie mehr als eine halbe Stunde. Männer schauen auf Schmuck, weil er ihnen gefällt (das geht schnell), Frauen, weil sie ihn haben wollen (das kann dauern). Als Heinz schon ungeduldig wurde und wie ein Fakir die Augen verdrehte, entschied sie sich schließlich für ein Exemplar. Diesen Ring hätte Heinz nicht gewählt, weil der Stein in seiner Winzigkeit fast im einfassenden Gold verschwand. Kitty aber steckte ihn an ihren Ringfinger, schwenkte die Hand vor Heinz' Gesicht hin und her und fand den Ring genau richtig für eine Frau ihres Alters. Und der Preis? Heinz zuckte einen kurzen Moment zusammen. Zwölftausend Baht! Er machte ein Gesicht wie beim Barbier unterm Messer. Er dachte nein und sagte ja. Jetzt um die zwanzig Prozent über Limit zu feilschen, das war ihm einfach zu blöd. Er eilte zum Geldautomaten. Hier galt noch: Nur Bares ist Wahres. Nachdem die Verkäuferin sorgfältig nachgezählt hatte, bekam er als Zugabe von ihr ein hübsches kleines Etui und von Kitty ein Küsschen auf die Wange.

Beim Schlendern durchs „Central Festival" blieb Kitty plötzlich stehen und stellte fest, dass sie ja noch einen Bikini braucht, für morgen früh am Swimming-Pool. Und natürlich eine Body-Lotion für danach. Heinz nickte. Frauen denken eben an alles. Zumindest beim Einkaufen.

Mit dem Bikini tat sich Kitty schwer. Thai-Frauen gehen normalerweise mit völlig verhülltem Körper ins Wasser, oft sogar mit ihrer normalen Kleidung. Die lassen sie nachher am Körper trocknen –kein Problem bei diesen Temperaturen.

Erstaunlicherweise stimmte Kitty ohne Diskussion dem Bikini zu, den Heinz für sie auswählte. Ausgesprochen sexy, selbst jetzt, da er schlaff auf dem Bügel hing. Pinkfarben, mit einem winzigen Höschen und kleinen Körbchen, genau das Richtige für Kittys Busen.

Die Body-Lotion allerdings wählte sie selbst aus: eine kleine Flasche in einer goldbeschichteten, viel zu großen Schachtel. Heinz konnte nur die Wörter *Paris, London, New York* lesen und ahnte, was das Teil kostete.

Bevor Kitty noch weiter Einfälle haben konnte, drängte er sie zum Ausgang der Shopping-Mall.

Beim Dinner im selben Restaurant, in dem sie schon mittags gespeist hatten, vollzogen sie nach dem Essen die Prozedur der Pseudo-Verlobung mit Ring und Kuss, aber ohne Mutter. Kitty legte ihre linke Hand auf den Tisch und ließ den Ring funkeln. „Thank you very, very much." Heinz nickte und tat, als wäre das doch selbstverständlich.

Nachdem Kitty ihr Dessert verschlungen hatte und der dritte Drink zur Neige ging, schaute Heinz auf die Uhr. Kurz vor Zehn. Er rief nach dem Kellner, rührte mit dem Zeigefinger über den Tisch, was auf Thailändisch heißt: Zahlen bitte!

Zeit für das breite Bett, in der achten Etage des Kondominiums.

Den Ring behielt sie an, alles Übrige ließ sie fallen.

VIII.

Am nächsten Morgen am Swimming-Pool. Heinz machte Kitty mit Joseph bekannt. Joseph – ganz Gentleman – machte erst den Wai, dann imitierte er einen Handkuss und betonte, wie sehr er sich freue, sie kennen zu lernen. Er musterte sie unauffällig von oben bis unten und lächelte erst sie und dann Heinz an. „Let's go swimming."

Kitty trat von einem Fuß auf den anderen und schaute Heinz hilfesuchend an. Zu Joseph sagte sie: „You go swimming and I go to the Jacuzzi." Und schon trippelte sie in ihrem pinkfarbenen Stofffetzelchen hinüber zum Whirlpool. Heinz und Joseph sprangen ins Wasser, aber sie schwammen nicht, sondern setzten sich neben ein deutsches Ehepaar auf die Wasserbank. Sie – mit einem hohen Haarturm, den sie mühsam unter eine Badekappe der Größe XXL zu zwängen suchte, er – mit einem aufgedunsenen Gesicht, das übergangslos auf der schwabbeligen Brust saß. Heinz hörte gerade noch, wie die Frau zu ihrem Mann sagte: „Der einzige Segen, den sie über diese Mädchen breiten können, ist der Geldsegen." Der Mann nickte und schaute hinüber zu den geldgesegneten Mädchen. Was er dachte, konnte man nicht hören. Trotz der Chlorbrühe, in der sie saßen, wehte von der Frau ein bekannter Duft herüber: *4711!* Wie Heinz diesen Duft hasste! Jedes Weihnachtspaket, das seine Tante Ilse aus dem Westen schickte, enthielt mindestens eine Flasche mit diesem „Echt Kölnisch Wasser", nach dem dann seine Schwester ein Jahr lang roch.

Joseph war gespannt: „ Na, wie war's, gestern und wie lief die Nacht?"

„Wie im siebten Himmel."

Joseph rümpfte die Nase: „Etwas genauer wäre schön."

„Nach dem Mittagessen waren wir in Pattaya, haben uns da etwas umgesehen und sind dann zum Abendessen ins ‚Da Nicola' gegangen. Ich habe gestaunt, was diese kleine Person alles in sich hineinstopfen kann. Dennoch blieb am Ende fast die Hälfte ihrer Bestellung auf dem Tisch zurück. Eben Thailand."

„Ja, und dann, nach dem Dinner?"

„Wie der Läufer von Marathon sind wir vom ‚Da Nicola' zu meiner Klause geeilt. Und dort ... darüber schweigt der Gentleman. Ich sage nur so viel: Ich schwebte auf Wolke sieben."

Joseph lächelte. „Ja, ich glaube dir, das heißt: ich sehe es dir an. Sie ist wirklich eine bildhübsche Person, lange schwarze Haare, schlank und mit den typisch asiatischen Zügen."

„Mein Lieber, ich wollte deine Meinung wissen. Was du sagst, ist Wohlwollen, aber keine Meinung."

„Ja, meine Meinung ist: Hast du auch daran gedacht, dass nach der Sieben die Acht und dann noch mehr Zahlen kommen?"

„An die Acht denke ich jetzt noch nicht, bis Sieben ist es jedenfalls super gelaufen. Komm, wir gehen auch ins Jacuzzi. Du kannst ja Kitty noch etwas auf den Zahn fühlen."

Die Pseudo-Verlobung und den Ring hatte Heinz verschwiegen. War es ihm peinlich? Oder befürchtete er, Joseph würde gerade deshalb wieder mit seinen Bedenken kommen. Davon wollte er jetzt nichts wissen.

Die nächsten drei Wochen verdienten die Bezeichnung *vorweggenommener Honeymoon*. Nachdem Kitty kurz in Bangkok war, um das Nötigste zu holen, richtete sie sich bei Heinz häuslich ein.

Mit dem Motorroller unternahmen sie Ausflüge in die nähere Umgebung. Natürlich auch zum Pattaya Floating Market – Seegetier und tropische Früchte in Hülle und Fülle, angeboten meist von Booten aus, die auf Kanälen und Seen schaukelten. Auch für den kleinen Hunger war gesorgt. Und es gab massenhaft Läden, in denen man Souvenirs, von kitschig bis geschmackvoll, erstehen konnte. Eingefärbte oder natürlich belassene Muscheln, Buddhas, holzgeschnitzt und vergoldet oder aus Messing, kunstvolle Holzschnitzereien, Wandschmuck, Textilien und dergleichen. Kitty konnte nicht widerstehen und probierte ein Kleid im folkloristischen Stil an. Sie drehte sich, ließ den Rock schwingen und schaute Heinz an. Der nickte und zückte die Geldbörse.

Sie besuchten auch das Aquarium, wo man durch Glastunnel, wie auf dem Meeresboden laufend, die Flora und Fauna des Meeres bestaunen konnte. Über ihren Köpfen huschten grimmige Haie und allerlei Meeresgetier umher. Hier konnte man all das lebendig sehen, das in diversen Seafood-Restaurants auf dem Teller sein trauriges Ende fand.

Im Nong Nooch Tropical Botanical Garden ließ sich Kitty, auf dem Rüssel eines Elefanten sitzend, fotografieren. Kurz danach malte derselbe Elefant mit seinem Rüssel und einem überdimensionalen Pinsel auf Pappe ein Porträt von Kitty, das jedoch keinerlei Ähnlichkeit mit ihr hatte. Elefanten-Expressionismus!

Dienstags und donnerstags konnten sie allerdings weder Ausflüge machen noch an den Strand gehen. Da ging Kitty in die Schule!

„Jomtien English School – English for Thai!" Kitty hatte das Plakat auf dem Weg zum Strand entdeckt. Am Informationstresen erfuhren sie, dass es Lehrgänge für Anfänger und

Fortgeschrittene gab, jeweils für ein Jahr. Kitty war Feuer und Flamme. Ihr war klar, dass ihr Englisch …

„How much is such a lesson for beginners?", fragte Heinz.

Die Dame am Tresen zeigte auf einen Prospekt: "One year, 180 hours – 30000 Baht."

Heinz kratzte sich am Kopf. Dreißigtausend Baht – das ist eine Menge Geld. Anderseits: Wofür kann man Geld besser ausgeben als für Bildung? Sprache ist Kommunikation! Und diese wiederum ist ein Muss für eine dauerhafte Beziehung. Insgeheim stellte er fest, was ein Jahr Schule auch bedeutet: Kitty denkt nicht nur an eine kurzfristige Bindung. Also stellte er sein Kratzen ein, ging zum nächstliegenden Geldautomaten und legte die dreißigtausend Baht auf den Tresen. Lehrmaterial war inklusive.

Nach einem Monat hatten sie die Sehenswürdigkeiten der näheren Umgebung abgeklappert. Kitty saß eines Abends über ihren Englisch-Lehrbüchern und schrieb neue Vokabeln in ihr Heft. Dann schlug sie das Buch zu und öffnete eine Landkarte von Thailand. Mit dem Zeigefinger zog sie Linien über das Blatt und maß mit dem Lineal Entfernungen. Nach einiger Zeit schaute sie auf und meinte, man könnte Reisen zu sehr interessanten Zielen unternehmen, wenn man ein Auto hätte. Sie habe auch einen Führerschein, und sie könnten sich beim Fahren abwechseln.

Heinz dachte an seinen Mercedes, ein neueres C-Klasse Modell. Unverwüstlich. Ein Wagen zum Wohlfühlen. Den hatte er für lächerliche zehntausend Euro an einen windigen Autohändler verkauft, Winterreifen inklusive. Allerdings hatte der natürlich das Lenkrad auf der linken Seite. Unbrauchbar für Thailand.

Er begann im Internet zu recherchieren. Da Thailand keine eigene Autoproduktion hat, müsste es ein japanischer oder koreanischer Wagen sein. Die europäischen und amerikanischen Modelle waren unverhältnismäßig teuer und dienten wohl mehr der Image-Pflege. Wer kann sich schon – ohne Schmiergelder zu kassieren – ein Auto für eine Million Baht leisten?

Wie wäre es mit einem Toyota Yaris? Nicht zu groß und nicht zu klein und nicht zu teuer. Kitty meinte, ein Honda sei besser. Warum? Honda genieße in Thailand ein höheres Ansehen. Ansehen? Ein Auto ist zum Fahren da, nicht zum Ansehen! Kitty gab klein bei. „Up to you."

Im Show-Room von Toyota, der in Chrom und Glas glänzte, standen sie alle beieinander, vom großen SUV bis zum kleinen Yaris, alle auf Hochglanz poliert. Eine junge Frau im schicken Toyota-Kostüm eilte auf Kitty und Heinz zu. „What can I do for you?"

„We are interested in a Yaris."

Die Toyota-Dame bot ihnen einen Kaffee an, kam nach kurzer Zeit mit dem Kaffee und einigen Prospekten zurück und bat Kitty und Heinz an einem runden Glastisch Platz zu nehmen. Der Toyota-Kaffee war gut, besser kann der bei Honda auch nicht sein. Lange vor dem Mercedes hatte Heinz schon mal einen Toyota besessen. Das war ein Corolla Liftback in Rot, der eine entfernte Ähnlichkeit mit einem Sportwagen hatte. Ein Kindheitstraum von ihm: ein Sportwagen in Rot. Das ist lange her. Damals war er begeistert, jetzt schaut er eher auf den praktischen Wert. Wozu braucht man Speichenräder? Und sind Sportsitze notwendig?

Kitty fand beides einfach „hot".

Schließlich einigten sie sich auf ein Modell, weder „hot" noch „cold", das mit fünfhundertsechzigtausend Baht zu Buche stand. Heinz gab der Verkäuferin, die schon das Kaufformular in der Hand hielt, einen Wink. Er zeigte mit dem Finger auf das ausgesuchte Model und sagte: „What about the price? Is it negotiable? I pay cash."

Die Frau überlegte einen Moment und entschuldigte sich, sie müsse mit ihrem Chef reden. Nach fünf Minuten kam sie im Schlepptau des Chefs zurück. Der stellte sich vor und schrieb auf einen kleinen Zettel, den er wie eine konspirative Message auf den Tisch legte: 540.000,00 Baht.

Heinz kratzte sich an der Stirn, sagte: „Sorry, too much" und tat so, als wolle er aufstehen. Der Chef zog seinen Taschenrechner heraus, drückte einige Tasten und Heinz wieder auf den Stuhl zurück. „What is your limit?"

Heinz antwortete ohne zu zögern, dass er maximal fünfhundertdreißigtausend Baht ausgeben könne. Der Chef tat, als überlege er nochmal. Dann schrieb er die Zahl 530.000,00 in das Kaufformular und gab es seiner Kollegin mit einer Miene, als hätte er soeben seine Existenz gefährdet.

Kitty hatte die ganze Zeit geschwiegen. Doch jetzt, da es beim Ausfüllen des Kaufvertrages darum ging, auf wessen Name das Auto eingetragen werden soll, wurde sie lebendig. Sie diskutierte längere Zeit mit der Toyota-Dame auf Thai, während Heinz sich eine Pfeife ansteckte. Mit welch langatmigem Wortschwall verhandeln die Thais immer Dinge, die eigentlich nur weniger Worte bedürfen? Schließlich erklärte die Verkäuferin ihm auf Englisch, dass es wesentlich einfacher wäre, das Auto auf eine Thai-Person anzumelden. Im Falle von Ausländern müssten zusätzliche Dokumente, unter anderem vom Immigration Office, beigebracht werden.

Plötzlich hörte Heinz wie aus dem Nichts ein kleines Alarmglöckchen läuten. Am liebsten würde er sich mit Joseph beraten. Doch das hätte er vorher tun sollen, jetzt war es zu spät. Er legte seine Pfeife auf den Tisch und erklärte der Verkäuferin, dies sei für ihn kein Problem. Sie möge ihm aufschreiben, welche Dokumente er beibringen müsse. Bis zur Auslieferung des Wagens werde er alles erledigen.

Die Verkäuferin warf einen kurzen Blick auf Kitty, dessen Bedeutung für Heinz ziemlich eindeutig war. Was sie ihr auf Thai sagte, konnte Heinz nur ahnen. Zu ihm sagte sie kurz: „Up to you." Sie füllte den Rest des Kaufvertrages aus und Heinz unterschrieb ihn. Mit dem Versprechen, er werde angerufen, wenn der Wagen zur Auslieferung bereit stehe, verließen Kitty und Heinz die Toyota-Vertretung. Heinz schnipste in die Luft und sagte auf Deutsch: „Dreißigtausend Baht gespart". Kitty war weniger euphorisch. Aber – so glaubte Heinz – das wird sich schnell ändern, wenn sie gemeinsam die erste Ausfahrt mit dem neuen Auto machen; spätestens dann, wenn sie auch mal ans Steuer darf.

Zwei Wochen später kam der Anruf vom Autohaus. Das Auto könne abgeholt werden. Das Geld bitte in Bar und in großen Scheinen.

Heinz hatte alle Dokumente beisammen, fuhr mit dem Baht-Bus zur Bank und dann samt dickem Geldbündel gleich weiter zum Autohaus. Kitty hatte sich nach dem Anruf des Autohauses an die Stirn gegriffen und über starke Kopfschmerzen geklagt. Leider könne sie ihn nicht begleiten, leider! Sie nahm eine Tablette und legte sich ins Bett.

Im Autohaus ging alles ganz schnell. Die freundliche Verkaufsdame vom letzten Mal legte ihm einige Papiere vor, die er bitte unterschreiben möge, obwohl sie in Thai verfasst waren und Heinz kein Wort lesen konnte. Aber die Dame lächelte ihn freundlich an und zeigte mit dem Finger auf die Stellen, wo er unterschreiben sollte. Blind-Signing – das kannte er schon von seinen Bankbesuchen. Man unterschreibt ein leeres Überweisungsformular bevor noch der Empfänger und die Summe eingetragen sind.

Dann war es endlich soweit. Die Dame führte Heinz hinaus, und da stand es, frisch gewaschen und poliert – sein neues Auto. Ein Techniker erklärte ihm (auf Thai) alle wichtigen Funktionen und zeigte am Ende mit gespreizten fünf Fingern auf den Tankdeckel und mit der anderen Hand auf eine Tankstelle auf der gegenüberliegenden Straßenseite. Aha, nur fünf Liter drin. Also Tanken!

Die Heimfahrt im neuen Auto hätte Heinz – wenn er nur Beifahrer gewesen wäre – als etwas ruppig bezeichnet. Jedes Auto reagiert anders, und das hier hat Automatik-Getriebe, was gewöhnungsbedürftig ist.

An den thailändischen Straßenverkehr war er schon gewöhnt. Es gibt zwar Verkehrsregeln, aber die kennt kaum jemand. Und wer sie kennt, beachtet sie nicht. Man folgt einfach der Grundregel: Fahre so, dass du weder dich noch andere gefährdest. Das klappt leider nicht immer. Für Ausländer gilt noch: Streite dich nie mit einem Thai, der dir die Vorfahrt genommen hat. Auch dann nicht, wenn der gar keinen Führerschein hat oder besoffen ist.

Kitty war noch immer kränklich und wollte das neue Auto nur vom Balkon aus betrachten. Dann legte sie sich wieder ins Bett. Heinz nahm es ihr nicht übel. Frauen sind nun mal so.

Am nächsten Morgen tat ihr der Kopf immer noch weh. Sie habe zwar gut geschlafen, aber gerade aufgewacht, legte sie sich ein feuchtes Tuch auf die Stirn und nahm eine Paracetamol. In diesem Zustand zum Swimming-Pool gehen? Nein, das war ausgeschlossen. Heinz nahm Badehose und Handtuch. Gute Besserung!

Joseph saß am Beckenrand und hörte sich die ganze Story des Autokaufs an. „Du hast alles richtig gemacht. Die dreißigtausend Baht steckt Toyota locker weg. Gut, dass du bei dem chaotischen Verkehr einen Kleinwagen genommen hast, außerdem findest du leichter eine Parklücke."

Sie schwammen ein paar Runden und gingen dann hinaus auf den Parkplatz. Joseph beäugte das Auto von allen Seiten. Er ließ sich sogar den Motorraum zeigen. Er klopfte Heinz auf die Schulter. „Allzeit gute Fahrt! Und nimm dir immer schön Zeit beim Fahren. Du weißt schon … Thailandverkehr!"

„Aye aye Sir. Aber jetzt muss ich mich um Kitty kümmern."

Wie geht es dir, wollte Heinz fragen, aber auf sein Klopfen öffnete Kitty nicht. Er klopfte nochmal …. keine Reaktion. Zum Glück hatte er den Schlüssel dabei. Die Tür war nicht abgeschlossen, nur ins Schloss gefallen. „Kitty, darling!" Verblüfft schaute er sich um. Keine Kitty. Ah, vielleicht im Badezimmer? Nein, auch da war sie nicht. Außerdem waren ihre Schminkutensilien verschwunden. Mehr noch, ihre Reisetasche fehlte auch. Heinz machte sich nun ernsthaft Sorgen. Sie hatte doch starke Kopfschmerzen. Vielleicht musste sie die Ambulanz rufen und ist im Krankenhaus? Er ging auf den Balkon und steckte sich eine Pfeife an. Meist half ihm das, einen klaren Gedanken zu fassen. Unten stand das Auto, oben stand er, soviel war klar. Aber wo war Kitty? Anrufen! Ja, sie hat doch ihr Handy immer dabei. Die Nummer kannte er auswendig, aber auf der andern Seite nahm niemand ab. Vielleicht ist der Akku leer? So leer wie sein Kopf. Alle Gedanken verwirrten sich in einem Gestrüpp von abwegigen Vermutungen.

Drei Stufen nehmend, rannte er hinunter zu Josephs Appartement. Außer Atem brachte er nur hervor: „Kitty ist verschwunden."

Joseph hob die Hände und versuchte, ihn zu beruhigen. „Du musst nicht gleich an das Schlimmste denken! Sie ist eine Thai! Sie wird schon wieder auftauchen. Hast du versucht, sie anzurufen?"

„Natürlich, aber sie nimmt nicht ab."

„Bleib am Telefon und warte einfach."

Den Rest des Tages und den ganzen Abend verbrachte Heinz wie in einer Nebelwolke. Unruhig rannte er mit dem Telefon in der Hand zwischen Balkon und Wohnungstür hin und her, versuchte immer wieder sie anzurufen. Alles vergebens. Sie meldete sich nicht. Erst nach Mitternacht konnte er ein paar Stunden schlafen.

Am nächsten Morgen berichtete er Joseph: „Sie ist nicht gekommen, auch keinerlei Nachricht. Ich bin wie durch die Mühle gedreht und habe kaum geschlafen."

„Was ist mit ihren Sachen, sind die auch verschwunden? Ihre Kleidung, ihr Pass, ihre Zahnbürste … "

„Alles weg, als wäre sie nie bei mir gewesen. Nur ihr Duft hängt noch im Zimmer."

Joseph hob die Arme wie ein Dirigent, der dem Orchester den Einsatz für den Schlussakkord gibt. „Na dann war's das wohl, mein Lieber. Du bist nicht der Erste, dem dergleichen passiert. Mein Freund Ralf hat für sich und seine Lady ein Haus samt Grundstück in Bangsaray gekauft. Da ein Farang in Thailand kein Land besitzen darf, hat er alles auf ihren Namen registrieren lassen. Eines Tages standen seine Koffer vor dem Tor, das Haus hatte neue Schlösser, und er stand da wie ein Clochard, ohne Bleibe. Streich Kitty aus deinen Gedanken. Aus ihren Schwüren könntest du – wenn du sie ausgedruckt hättest – Zigaretten drehen. Sei froh, dass du das Auto auf deinen Namen eingetragen hast, sonst wäre das auch noch weg."

Dann hob Joseph – trotz der frühen Stunde – das Glas, um mit Heinz anzustoßen, als sei das, was er gesagt hatte, ein Trinkspruch gewesen und Kittys Verschwinden kein Verlust.

Heinz versuchte ein Lächeln, doch das verrutschte gewaltig. Er ließ die Schultern hängen, wollte was geschehen war nicht wahrhaben. Eine panische Benommenheit wie beim Tauchen, wenn er zulange den Atem anhält und nicht mehr weiß, was oben und unten ist. Er ärgerte sich, dass Joseph kühleren Kopf bewahrte als er selbst, denn *er* hätte ja Kittys Absichten eher durchschauen können. Der Ring, das Auto …! Aber wer verliebt ist, hat eine offene Flanke und ist verwundbar.

Er wartete noch den ganzen Tag bis zum Abend, öffnete die Balkontür und die Flurtür, um für Durchzug zu sorgen. Seine Anrufe nahm sie nicht an, seine Chats las sie zwar, aber beantwortete sie nicht.

Als hoffe er auf ein Wunder, schaute er immer wieder vom Balkon, ob Kitty nicht irgendwann mit ihrem kurzen Röckchen um die Ecke biegt. Er sah viele Menschen, Männer und Frauen, Junge und Alte, aber nicht Kitty.

Er sah sie nie wieder.

IX.

Nach der Pleite mit Kitty waren zwei Jahre vergangen, und in Heinz war die Erkenntnis gereift: Man darf weder zu heftig lieben, noch zu ausgiebig hassen. Zu heftige Liebe macht blind und dauerhafter Hass verdirbt den Charakter. Kitty war es nicht wert. Der Gedanke an sie erschien ihm inzwischen wie ein Schluck kalten Kaffees. Er hatte eine Distanz zu ihr gewonnen, die billige Gehässigkeit entbehrlich machte.

Joseph hatte in einer Bar seine Mia, ein hübsches Mädchen von dreißig Jahren, kennen gelernt, und sich nach drei Wochen wieder von ihr getrennt. Eine Bindung war nicht entstanden – wahrscheinlich hatte er das nie ernsthaft in Betracht gezogen? Jedenfalls wirkte er nicht trübsinnig, sondern schaute mit der Zunge schnalzend den Bikini-Schönheiten hinterher. Schmotzgoggl murmelte er (was außer ihm niemand verstand) und welch ein Glück, dass am letzten Schöpfungstag noch die Frau erschaffen wurde.

Heinz war inzwischen siebzig und hatte die Hoffnung aufgegeben, eine Frau fürs Leben – oder für den Rest seines Lebens – zu finden. Welche Frau will schon mit solch einem alten Knacker Herd und Bett teilen? Dennoch schaute auch er den Bikini-Schönheiten hinterher. Altmänner-Reflex! Die Synapsen schwinden, in den Beinen zwackt es, doch die Hormone wallen und wallen …

Nachdem sie auf seinen Siebzigsten angestoßen hatten, nahm in Joseph zu Seite. „Heinz! Du darfst nicht aufgeben! Versuch es auf einer anderen Dating-Seite. Unter den tausenden Frauen ist eine, die nur auf dich wartet. Keine Frau zu haben ist schlimm. Aber sich keine zu wünschen, ist schlimmer."

Unter „Character traits" stand: loyal, attractive, realistic, sexy, selfconfident, attentive, fond of animals, romantic.

Und der Name: Julee. Ob das alles stimmt?

Heinz war Josephs Rat gefolgt; dessen Zuversicht hatte seinen Widerstand zerbröselt. Er hatte sich wieder hinter den Laptop geklemmt und – in dem Glauben, dass es Wunder gibt – auf einer anderen Dating-Seite herumgespielt. Wenn man viel Zeit hat, kann man doch unverbindlich Feldforschung betreiben. Anonym natürlich! Wie bei einem Gang durchs Museum wanderte er von Bild zu Bild. Duzende Ladys blickten ihm freundlich (mache auch mürrisch) an, junge, alte, dicke, schlanke, das ganze Spektrum der Weiblichkeit. Bei Julee war er stecken geblieben.

Julee war sicherlich ein Phantasiename, wie das im Internet so üblich ist. Außerdem können die Thais so oft sie wollen ihren Namen ändern, und zwar Vorname und Familienname! Man muss nur bei der Behörde angeben, wie man ab heute heißen will. Das Geburtsdatum allerdings darf man offiziell nicht ändern. Im Internet schon. Da kann man sein Alter nach Belieben frisieren. Bei den Damen heißt *frisieren* meist nach unten korrigieren. Julee gab als Alter einunddreißig an, was durchaus zu ihren Fotos passte. Aber wann wurden die Fotos geschossen? Zu viele Fragen. Er rieb sich die Stirn, klappte den Laptop zu, nahm Handtuch und Badehose und machte sich auf den Weg hinunter zum Swimming-Pool.

Während er schwamm tanzte ihm das Wort Julee auf den Wellen vor der Nase herum. Nach fünf Längen schob er die Schwimmbrille auf die Stirn, setzte sich auf den Beckenrand und sagte zu seinem Nachbarn, den er gar nicht kannte: „Ich versuch's!". Der nickte und sagte: „Ein Versuch kostet ja nichts."

Am Nachmittag: Hallo Julee, my name is Heinz. I am from Germany and now living in Thailand. I would like to become acquainted with you. I am interested in a long term relation. If you are interested – please write me.

Er las seine erste Message nochmal durch, und ohne lange zu zögern, und auch ohne Joseph zu konsultieren, drückte er auf den Button "Send". Ein Versuch kostet ja nichts.

Er rückte seinen Stuhl zurück, faltete beide Hände am Hinterkopf und stellte sich vor wie Julee erst seine Message und dann sein Profil las. Was wird sie machen, wenn sie auf sein Alter stößt und abzählt wie viele Jahre er ihr voraus hat? Mit ihrer Freundin über seine Message lachen oder die Nase rümpfen und sofort auf Delete drücken?

Doch es passierte erst mal gar nichts. Auch nicht in der Stunde danach, in der er pausenlos auf den Bildschirm stierte. Vielleicht hat sie schon einen Kandidaten gefunden? Oder sie ist nicht online? Ja, das wird es sein. Sie ist gerade im Kino, unter der Dusche oder schneidet sich die Fußnägel, jedenfalls ist sie nicht empfangsbereit.

Spaghetti Carbonare! Stimmt! Heute ist Schachabend und Joseph hat Spaghetti bestellt. Topf auf den Herd, Wasser rein, etwas Salz, wenn's kocht Spaghetti rein – das war ein oft geübter Handlungsablauf. Mit Kochkunst hatte das nichts zu tun. Doch Heinz war nicht bei der Sache. Er schielte immer wieder auf den Computer und vergaß dabei, die Spaghetti vom Herd zu nehmen.

Joseph machte sich mit Löffel und Gabel über das Dinner her. Nachdem er die erste Ladung im Mund hatte, zog er die Mundwinkel nach unten und kratzte sich am Kinn. „Weißt du, was *al dente* heißt? Diesen Spaghetti-Brei könnte meine Großmutter ohne Gebiss essen."

„Entschuldige, ich war unkonzentriert."

„Aha, unkonzentriert? Und worauf hat sich der Herr Koch konzentriert?"

„Ich habe die Angel ausgeworfen."

Josephs Blick hellte sich auf. Er wusste natürlich sofort, was mit *Angel auswerfen* gemeint war. „Zeig mal, was du am Haken hast!"

Sie ließen die misslungenen Spaghetti stehen, und Heinz fuhr den Computer hoch. Julees Seite hatte er als Favorit gespeichert.

„Na, molto bene!", rief Joseph spontan.

Heinz wusste erst mal nicht, ob er Julee meinte, oder dass er sich wieder auf die Suche gemacht hatte. „Aber hast du ihr Alter gesehen?"

„Na klar, einunddreißig."

„ Und ich bin siebzig!"

„Na und? Du bist doch fit. Wer täglich seine Längen schwimmt ist kein Pflegefall. Für Thai-Ladys ist das Alter nur eine Zahl. Sie werden schon wissen warum."

Heinz kratzte sich am Kopf und schmunzelte. „Wenn ich hundert bin, dann ist sie einundsechzig."

„Warte ab, bis ihr euch kennen lernt. Ich kann mich nur wiederholen: *Face by face* ist das Zauberwort."

Am nächsten Tag kam die Antwort von Julee. Ziemlich nüchtern: Ja, sie sei daran interessiert, ihn kennen zu lernen. Und sie suche auch nach einer dauerhaften Beziehung.

In den nächsten Tagen chatteten sie sich die Finger wund. Ein persönliches Treffen? Ja, wenn er nach Bangkok kommen könne, dann wäre für sie der nächste Sonntag günstig. Der Suvarnabhumi-Airport, wäre ein guter Treffpunkt, der liege in ihrer Nähe.

Von seinem Alter – kein Wort.

Sie kam die Rolltreppe am Ausgang 8 herab, etwas verspätet, aber für Thai-Verhältnisse extrem pünktlich. Sie winkte ihm schon von der Rolltreppe aus zu – also hatte sie ihn erkannt. Da brauchte es keine Rose im Knopfloch. Doch die hatte er dabei, allerdings in der Hand. Sie machte keinen Wai, sondern gab ihm die Hand. Hallo Heinz, hallo Julee … dann entstand eine kleine Verlegenheitspause. Die Geräusche des Flughafens nahm er nur gedämpft war, die Luft knisterte wie elektrisch geladen.

„Ist die Rose für mich?"

„Oh, ja, danke, dass du gekommen bist."

„Gehen wir in den Second Floor, da gibt es eine Menge Restaurants. Dort können wir uns bei einem Drink in Ruhe beschnuppern."

Nach drei Stunden *Beschnuppern* saß Heinz wieder im Bus nach Jomtien. Was hatte er neulich gelesen? „Der Unterschied zwischen einer neuen und einer alten Illusion besteht darin, dass die neue wie ein Schmetterling flattert und die alte schon aufgespießt im Gedächtnis verstaubt." Ist es wieder nur eine Illusion? Aber was wäre das Leben ohne Illusionen? Manche verstauben, manche flattern. C'est la vie. Er legte den Sitz nach hinten und starrte auf die vorbeifliegende Landschaft, ohne sie wirklich wahrzunehmen. Nur Illusion – oder mehr? – das wussten sie beide noch nicht, aber er ahnte: Es flatterte etwas zwischen uns.

Julee arbeitet in einem Kosmetik-Laden in Lat Krabang, einem Vorort von Bangkok. Zusammen mit ihrer Schwester Jeab bewohnt sie ein kleines Appartement in einem Haus, zu dem nur Frauen Zutritt haben. Ursprünglich kommt sie aus Nam Phong einem kleinen Nest in der Nähe von Khon Kaen.

Aus dem Isaan also – na ja, das muss kein Nachteil sein. Und woher kann sie so gut Englisch?

Heinz fiel noch eine Menge Fragen ein – aber gemach! Fürs nächste Wochenende haben sie sich wieder verabredet, in Bangkok, nicht bei ihm in Jomtien.

Der Bus fädelte sich durch das Gewirr von Hochstraßen im Umfeld des Flughafens auf den Highway 7 ein, der ohne Ampeln und Kreuzungen direkt nach Pattaya führt. Draußen rauschten Bananenplantagen und Bambuswälder vorbei. Hin und wieder waren Hütten und kleine Häuser zu sehen. Das Land ist stark zersiedelt. Wo ein Ort endet und der nächste anfängt, war nicht auszumachen. Heinz lehnte sich zurück und dämmerte vor sich hin. Der Bus war bequem, klimatisiert, schnell und kostete nur zweihundertsechzig Baht. Mit dem Zug bräuchte man die doppelte Zeit.

Heinz zog den Turm über das ganze Brett. „Ich hoffe nur, das ist nicht wieder eine Sackgasse." Er meinte nicht seinen Turmzug, sondern Julee.

„Man kann eine Sackgasse nicht erkennen bevor ihr Ende erreicht ist. Mit deinem grandiosen Turmzug hast du einen Fehler gemacht, denn mit dem nächsten Zug setze ich dich matt. Aber dass du dich in eine Sackgasse gespielt hast, merkst du erst wenn dein König bewegungsunfähig ist. Du weißt selber: Nur wer still steht läuft nie in eine Sackgasse."

Joseph schob das Schachbrett zur Seite und hob das Weinglas. „Auf Julee und dich und dass ihr nicht in eine Sackgasse rennt.

Nehme ich nun ein Kondom mit oder nicht? Ich kann es ja gut verstecken, sozusagen als Faustpfand für alle Fälle. Er fühlte sich wie ein Bankräuber, der eine Pistole mitnimmt, ohne sicher zu sein, dass er sie brauchen wird. Es war ja noch nicht mal klar, ob er über Nacht in Bangkok bleiben wird, und ob sie – wie er – eine gemeinsame Nacht für denkbar hält. Wie auch immer, rein mit dem Kondom in den Kosmetikbeutel.

Heinz, als vorausschauender Mensch, packte seine Reisetasche schon am Freitagabend. Für Samstag früh hatte er bereits ein Busticket gekauft, direkt von Jomtien zum Suvarnabhumi Airport.

Wird sie kommen?

Sie kam, und zwar gleich im Doppel. „Das ist Jeab, meine Schwester, wir teilen uns die Wohnung."

Jeab machte den Wai und Heinz sagte: „Nice to meet you", worauf Jeab nur verlegen lächelte und stammelte: „No English."

Trotzdem war es lustig mit den beiden Mädchen. Manches konnte Jeab erraten, anderes übersetzte Julee. Untereinander sprachen die beiden immer Isaan. Das ist eine Modifikation von Thai, die aber so stark abweicht, dass kein Thai sie versteht. Heinz verstand weder das eine noch das andere.

Mit dem kleinen Nissan March, den beide Mädchen gemeinsam nutzten und der offensichtlich schon so manche Karambolage erlebt hatte, kurvten sie den ganzen Tag durch Bangkok. In einem Tempel knieten die beiden Mädchen, mit Weihrauchstäbchen in der Hand lange nieder und murmelten Gebete (oder was auch immer). Heinz, der diese Zeremonie schon kannte, ging derweil hinaus und sorgte für seinen eigenen Weihrauch der Marke Mac Baren. Plötzlich zuckte aus einer schwarzen Wolke ein Blitz, dem zugleich ein Donner folgte. Als hätte er auf dieses Signal gewartet, ging ein tropischer Platzregen nieder. Die Menschen auf dem Vorplatz eilten unter das Dach der Vorhalle. Heinz packte seine Pfeife ein, zog nochmal seine Schuhe aus und betrat wieder den Tempel. Dort immer noch der gleiche Singsang: Vorsprechen aus dem Lautsprecher, vielstimmiges Nachmurmeln der knienden Gläubigen. Heinz seufzte. Als Julee und Jeab endlich aufstanden (sie hatten sein Seufzen bemerkt), war der Regen vorbei. Der Vorplatz des Tempels glänzte wie ein Spiegel, Vögel pickten in den Pfützen, die Menschen hatten sich verlaufen. Heinz steckte sich noch eine an und blickte auf die Uhr.

Julee bemerkte es und fragte: „Willst du nicht bis morgen bleiben?"

Heinz lag diese Frage schon den ganzen Tag auf der Zunge. Er war nur zu feige, sie zu stellen. Nun, irgendwann am Nachmittag, hatte Julee sie wie nebenbei gestellt, und er runzelte die Stirn, als müsse er überlegen. Schließlich glättete sich seine Stirn und er sagte: „Okay, gute Idee." Wie von Zauberhand berührt öffnete sich der Vorhang zum zweiten Akt, und Heinz wusste noch nicht, welches Stück gespielt wird und welche Rolle ihm zukam.

„Bei uns in der Nähe, nur ein paar Häuser weiter, ist ein kleines ZEN-Hotel. Lass uns vorbeifahren und fragen, ob ein Zimmer frei ist."

An der Rezeption des ZEN stellte der junge Mann in schicker Uniform mit glänzenden Knöpfen und Hotel-Emblem dann die entscheidende Frage: „Double room or Single?"

Heinz zögerte und schaute fragend zu Julee. Die sagte nichts, streckte nur zwei Finger der rechten Hand hoch.

„Double room please, with breakfast for two."

Der Uniformierte erlaubte sich ein leichtes Grinsen, das Heinz geflissentlich übersah. „Eighthundred Baht and your passport please."

Damit war die erste gemeinsame Nacht mit Julee besiegelt und die war ...

Wie gut, dass er das Kondom mitgenommen hatte.

X.

Der Oktober hatte sich mit Regen verabschiedet, der November gab sich Mühe, den letzten Monat vergessen zu machen. Wie eine azurblaue Glocke hing der blank geputzte Himmel über Jomtien. Eine Bläue, die Heinz an seine Überfahrt von Neapel nach Capri erinnerte. Wie damals, als er mit Sophie (die einen Kampf mit ihrem Mageninhalt ausfocht) an der Reling stand, wehte ein laues Lüftchen vom offenen Meer her.

Er kam ins Schwitzen, als er Julees Koffer, Kartons und andere Habseligkeiten vom Parkplatz ins Kondominium schleppte. Zum Glück war der Lift in Betrieb.

Oben hatte Julee das Kommando übernommen. „Setz alles erst mal ab, ich werde es schon verteilen." Sie schwitzte und strich sich eine Haarsträhne hinters Ohr. Zum ersten Mal in ihrem Leben wird sie mit einem Mann auf engen Raum Tag und Nacht zusammen leben. Kann dieser Heinz mit all seinen deutschen Marotten ihren Vorstellungen von Zukunft entsprechen? Und wie weit kann und muss sie ihm entgegenkommen?

Unten auf dem Parkplatz stand Jeab neben dem kleinen Nissan March und holte immer wieder Taschen und Plastikbeutel heraus, die noch nach oben mussten. Kaum zu glauben, was in dieses kleine Vehikel alles hineinpasst.

Als alles oben war, räumte Julee zusammen mit Jeab zum dritten Mal die Küche um, damit alle Stauräume bis zum letzten Winkel ausgenutzt wurden. All ihre Klamotten im Kleiderschrank unterzubringen, hatte Julee schon aufgegeben. „Wir brauchen noch einen Kleiderschrank! Einen kleinen, der hier neben das Sofa passt."

Heinz stand rauchend auf dem Balkon und lächelte. Frauen! Frauen und ihre Fummel! Eine nicht enden wollende Geschichte. Es geht nur mit Kompromissen. „Ja, wir kaufen einen. Ich habe schon einen passenden im Möbelladen gesehen."

Spätestens jetzt wurde ihm klar: Diese vierzig Quadratmeter können nur eine Übergangslösung sein. Nur ein Anfang. Hermann Hesse kam ihm in den Sinn: „Jedem Anfang wohnt ein Zauber inne". Er beobachtete Julee, genoss den Anfang mit ihr und den Zauber, der ihm innewohnt. Diese Frau, die mit hochgekrempelten Ärmeln langsam seine Bude umkrempelt, ist aus einem anderen Holz geschnitzt als Kitty. Tatkräftig, bodenständig. Die wird nicht eines Tages heimlich verschwinden, während ich beim Schwimmen bin.

Ein Monat war vergangen – Alltag war eingezogen. Auf ihr gemeinsames Leben hatte sich die Patina der Normalität gelegt, einer Normalität, die keine Langeweile aufkommen ließ. Julee hatte das Appartement nach ihrem Geschmack umgeräumt und Bilder aufgehängt. Auf allen war das Meer zu sehen, beim Sonnenuntergang, mit badenden Kindern am Strand, einem Gewirr von Fischerboten und einsame Buchten. Joseph, der beim Umräumen mitgeholfen hatte, fiel in seinen Dialekt und fand das Zimmer jetzt *mei schian*.

Mit dem Auto erkundeten sie gemeinsam mit Joseph und seiner neuen Flamme Vic die Umgebung. Sie kurvten über unbefestigte Straßen, vorbei an hochragenden Kränen und halbfertigen Hochhäusern, die auf Transparenten und Bildtafeln mit allerlei Versprechen Käufer suchten, obwohl ihre Fertigstellung in den Sternen stand. Viele dieser Investitionsruinen standen hohläugig in einer von Unrat übersäten Gegend herum und warteten seit Jahren auf Käufer, die mit ihrer Vorkasse den Fertigbau ermöglichen sollten. Die unbefestigte Straße wurde zu einem holprigen Weg, und als sie allen Lärm hinter sich gelassen hatten und der Geruch von Salz und Tang stärker wurde, entdeckten sie eine versteckte Bucht, wo sie – völlig allein – die Ruhe genießen konnten. Sie brieten (mitgebrachte) Fische auf einem kleinen Lagerfeuer und badeten nackt im Meer. Kein Verkehrslärm, keine grölenden Touristen, nur das leise Plätschern der Wellen, das Rascheln der Palmwedel und das salzige Aroma des Meeres. Die Landschaft wie gefirnisst und glasiert. Während Heinz und Julee sich um das Feuer und den Fisch kümmerten, verschwand Joseph mit seiner Vic für kurze Zeit hinter dem Gebüsch am Rand des Strandes und kam mit verschwitztem aber entspanntem Gesicht zurück, ruckelte am Bund seiner Shorts und blickte an sich herab, ob da irgendwas nicht in Ordnung war. Vic schaute unschuldig, als sei sie zum Pip-Pip-Machen ins Gebüsch gegangen, und lüftete ihren BH, um den Sand herauszulassen. Ansonsten hatte sie keine Blessuren, nur den Abdruck von Strandgras auf dem Rücken. Heinz schaute Joseph fragend an. Der sagte nur: „Ja, mei." Sonst nichts. Und Heinz nickte. Die Fische waren fertig.

Der Rompho-Markt, nur zehn Minuten Fußweg von ihrem Kondominium entfernt, war ihr Lieblingsplatz fürs Abendessen. Baufällige Buden, aber leckeres Essen. Hoi Tod war Heinz' Lieblingsgericht. Die dicke Frau mit der öltriefenden Schürze und einer Warze am Kinn kannte Heinz schon. „Not spicy" sagte sie und ließ die Chilis weg. Dafür rührte sie mit ihrem hölzernen Kochlöffel reichlich Muscheln in die Pfanne, in der schon zwei Eier waberten. Am Ende obendrauf Bambussprossen.

Oder an der Nachbarbude: Pad Thai. Reisnudeln mit Tofu und Shrimps, Bambussprossen und geriebenen Erdnüssen. Aber es gab auf dem Markt auch Gerichte, die der Europäer kennt: Pan Cake, Kebab, Spaghetti mit Tomatensoße und vieles mehr. Das alles hat nichts zu tun mit Haute Cuisine, hier isst man, um satt zu werden. Und schmecken tuts auch.

Julee konnte aus einer Menge Thai-Gerichten wählen: Pad Kra Pao, Som Tam, Kuai Tiao, Pad Kana Moo Grob, Yam Woonsen, Tom Yam … , meist so scharf, dass Heinz schon beim Anblick die Kehle brannte. Es gab auch am offenen Feuer gebratenen Fisch, so groß, dass sie beide davon satt wurden. Oft gingen sie nach Hause, ohne zusammen mehr als hundert Baht ausgegeben zu haben.

Am Vatertag allerdings, der in Thailand auf den siebenten Dezember fällt, gönnten sie sich ein Dinner im noblen Restaurant „Da Nicola", das Heinz schon von Kittys Besuch kannte. Von den übersichtlichen Portionen wurden sie zwar nicht satt, aber statt *water for free* tranken sie *San Pellegrino* und statt einhundert Baht zahlen sie sechshundert. Schwamm drüber!

Nach *San Pellegrino* war italienischer Wein das Richtige, um den Tag auf dem Balkon ausklingen zu lassen. Als Heinz den Korken zog, kam Julee, in ein Badetuch gewickelt, aus der Dusche. Der Mond hing als helle Scheibe über dem Meer, der Duft exotischer Pflanzen lag in der Luft und der Discjockey vom „The Pine" gegenüber hatte gerade begonnen, seine Scheiben aufzulegen: „Stranger in the night". Heinz fühlte sich direkt angesprochen.

Während er sich eine Pfeife ansteckte, trat Julee an die Brüstung. „Das Meer! Ich habe mir schon immer gewünscht, am Meer zu leben."

„Du wohntest doch in Bangkok."

„Ach Heinz, Bangkok! Eine Riesenstadt und vom Meer siehst und riechst du rein gar nichts. Es gibt auch keinen Strand."

„Und wo warst du vorher?"

„Das Dorf meiner Kindheit liegt in der Nähe von Khon Kaen, weit oben im Nord-Osten von Thailand. Kein Meer, nur ein kleiner See. Dort tobten wir als Kinder im seichten Wasser umher, ich, meine Schwestern und andere Kinder aus dem Dorf. Wir hielten uns nur am Rand auf, denn schwimmen konnte keiner von uns. Am Rand war das Wasser grün von Algen und Wasserpflanzen. Wenn wir heraus kamen, sahen wir aus wie kleine grüne Aliens. Als wir nach Hause kamen, sprangen wir in den großen Wasserbottich unter unserem Haus. Das war eigentlich verboten, denn das Wasser wurde von der ganzen Großfamilie zum Waschen und Duschen genutzt. Wenn Mama uns erwischte, gab's Prügel. Und meine Oma, die wahrscheinlich mehr als ich unter den Schlägen litt, musste mich dabei festhalten. Meine Freundin Kara stand mit verzerrtem Gesicht dabei, hielt mit beiden Händen ihren Rock mit den gesammelten Muscheln hoch und sagte nur *Iiii*."

„Gab es oft Prügel?"

„Von Mama schon. Ich erinnere mich noch an einen Fall: Meine Schwestern Jeab und Rapipan bekamen neue Schuhe, weil ihre kaputt waren. Da habe ich absichtlich meine Schuhsohlen aufgerissen, in der Hoffnung, auch neue Schuhe zu bekommen. Mama hat das natürlich durchschaut, und da gab es statt neuer Schuhe eine Tracht Prügel.

Mein Papa hat mich nur ein einziges Mal geschlagen. Da war ich ungefähr acht Jahre alt, hab mir sein Motorbike geschnappt und bin damit durchs Dorf gekurvt. Passiert war nichts, aber Papas Hand hinterließ auf meiner Backe einen großen roten Fleck. Ansonsten war unsere Großfamilie eher friedlich."

„Großfamilie?"

„Ja, meine Oma, meine Eltern, meine drei Schwestern und eine wechselnde Anzahl von Kindern der Tanten und Onkels."

„Also hattet ihr ein großes Haus?"

„Ja, und ganz aus Holz. Zwei Etagen auf achtzehn hölzernen Pfählen. Unten im Erdgeschoß war der Stall für unsere Büffel und die Hühner. Und abgetrennt davon – die Toilette mit Waschraum. Naja, was heißt Toilette ... Das war nur ein Loch in der Erde, das hin und wieder von Papa geleert wurde. Und im Waschraum war der Trog, ein mal zwei Meter aus Beton, den wir Kinder unter Strafe als Badewanne benutzten. Normalerweise wurde mit einer Schöpfkelle Wasser über den Kopf gegossen. Duschen nannten wir das."

Und wie wurde der Trog gefüllt?"

„Es gab eine Wasserleitung, aber da floss immer nur kurze Zeit Wasser heraus, Wasser, das eine bräunliche Farbe hatte. Ansonsten füllte mein Papa den Trog eimerweise aus unserem Brunnen, ein tiefes Loch aus Betonringen, in das meine große Schwester Rapipan mal gefallen war. Wasser zum Trinken sammelten wir in einer Regentonne."

„Und in der oberen Etage des Hauses?"

„Da wohnten wir alle. Ich weiß nicht mehr, wie viele Zimmer wir hatten – jedenfalls viele. Gegessen haben wir oft alle zusammen im Freien. Papa legte eine Bastmatte aus, und wir rösteten auf offenem Feuer Fische, Fleisch und Gemüse. Am Wochenende kamen auch oft die Onkels und Tanten zu Besuch. Das war immer sehr lustig."

„Und dein Opa?"

„Der war schon tot. Doch meine Oma war noch rüstig und half wo sie nur konnte. Sie brachte mich oft zum Kindergarten, und wenn ich zu großes Heimweh hatte, blieb sie den ganzen Vormittag vor dem Kindergarten sitzen und nahm mich vor dem Mittagsschlaf mit nach Hause. Denn Mittagsschlaf im Kindergarten – brrr, das war mir ein Greul. Während sie auf mich wartete stampfte sie Blätter, Palmfrüchte, Rinde und was weiß ich alles zu Kautabak, den sie dann mit geschlossenen Augen stundenlang kaute.

Wenn wir zusammen auf der Bank vor unserem Haus saßen, erzählte sie mir immer wieder das Reismärchen, das ich schon hundertmal gehört hatte. Aber davon erzähle ich dir später mal. Abends sang sie mir vor dem Schlafengehen ein Lied. Das ging so:

หลับตามิดๆ สารพิษจะเข้าตา พ่อแม่ทำนาได้ข้าวเม็ดเดียว

Schließe die Augen sonst wird Gift in deine Augen kommen und deine Eltern werden nur ein Reiskorn ernten."

„Du hast deine Oma sehr geliebt?"

„Ja, und sie liebte mich."

„Und deine Eltern?"

„Die arbeiteten den ganzen Tag auf unserer Farm. Die war ziemlich groß, ungefähr sechzehn Hektar: Reis, Rohrzucker, Maniok, … Vom Verkauf hat die ganze Familie gelebt. Ab zehn Jahren habe ich auch auf den Feldern geholfen. Die Reisernte geht nur per Hand. Zum Umpflügen hatten wir unsere Büffel. Manchmal bin ich auch auf einem Büffel von der Farm nach Hause geritten. Mit meinen kleinen Fingern habe ich mich im Fell verkrallt. Das war ein richtiges Abenteuer."

Heinz trat mit dem Glas zu ihr an die Brüstung und streichelte ihre nackte Schulter. „Wer keine Erinnerungen hat, hat nicht gelebt. Prost!"

Es gab nur ein dumpfes Plop. Richtige Weingläser hatten sie noch nicht.

XI.

„Guck mal!" Sie zeigte mit dem Finger auf ihr Smartphone, wie ein Sammler, der im Internet eine lang gesuchte Antiquität entdeckt hat. „Eine Stellenanzeige. Sie suchen für das ‚Prestige' eine Mitarbeiterin für die Rezeption. Voraussetzung: Englischkenntnisse."

„Was ist das: ‚Prestige'?

„Ein Luxus-Kondominium in Pattaya."

„Willst du dir einen Job suchen?"

„Naja, etwas eigenes Geld wäre nicht schlecht, und unserem Budget könnte es auch gut tun. Wie denkst du darüber?"

Heinz ging auf den Balkon und steckte sich eine Pfeife an. Das half immer, wenn Entscheidungen zu treffen waren. Wenn sie sich langweilt, tut ihr ein Job sicher gut. Anderseits …. „Wie sind denn die Arbeitszeiten?"

„Hier steht: Für die Tagschicht, von acht bis fünf, sechs Tage die Woche."

„Und das Gehalt?"

„Davon steht hier nichts. Aber wahrscheinlich so um die zehntausend Baht pro Monat."

Das Meer lag da, wie ein glatter Spiegel, Es regte sich kaum ein Lüftchen. Über Jomtien hing eine Dunstglocke. Die Auspuffgase taten das ihre dazu. Es gab zwar eine Art TÜV, aber der war entweder recht lax oder konnte leicht umgangen werden. Jedenfalls zog so manches Auto eine schwarze Wolke hinter sich her, dass man glauben könnte, nahe eines Vulkanausbruches zu stehen. Und das Geknatter war auch nicht TÜV-gerecht. Sechs Tage die Woche ohne Julee! Und das für lächerliche zehntausend Baht! „Und wie denkst du selbst darüber?"

Julee war auf den Balkon gekommen. „Wir könnten ja mal hinfahren und uns die Sache ansehen und den Personalchef über die Details ausquetschen. Vielleicht ist die Stelle ja auch schon vergeben."

Nachdem sie sich telephonisch angemeldet hatten, fuhren sie hin. Das „Prestige" lag direkt am Meer, allerdings leider auf der anderen Seite von Pattaya, ganz im Norden der Stadt. Es war wenig Verkehr und so schafften sie es mit dem Auto in einer halben Stunde. Das „Prestige" präsentierte sich als hoher Turm modernster Bauweise, und mit seinen wahrscheinlich mehr als zwanzig Stockwerken überragte es alle umstehenden Gebäude. Ein Parkhaus gab es auch. Die Empfangshalle protzte mit viel Glas, Chrom und Edelhölzern. Hier wohnen keine armen Leute. Ein Mann in feinem Zwirn fragte gerade die Rezeptionistin in gebrochenem Englisch – mit russischen Vokabeln durchsetzt – , ob das Taxi schon da sei. Im mondän ausgestatteten Wartebereich stritten sich einige Asiaten über irgendwas.

„Sind Sie angemeldet?"

Julee nickte. „Wegen der freien Stelle."

„Eine Etage tiefer und dann nach links."

Neben der Tür stand auf einem polierten Messingschild: Phattarachai Watthanawarangkul – Personnel manager. Drinnen empfing sie ein nüchternes Büro, viele Ordner in Stahlregalen und ein großer Schreibtisch mit Stapeln von Unterlagen. Herr Watthanawarangkul stand hinter seinem Schreibtisch auf und machte den Wai. „Sie kommen wegen der freien Stelle?" Obwohl er Thai war, sprach er mit Julee Englisch, wohl um gleich ihre Sprachkenntnisse zu testen. Er reichte Julee einen Musterarbeitsvertrag. „Lesen Sie sich das oben in der Lobby durch, und kommen Sie dann im Laufe des Tages oder morgen zur Klärung restlicher Fragen wieder zu mir. Computerkenntnisse setzen wir voraus. Russisch-kenntnisse wären von Vorteil. Wenn Sie einverstanden sind, könnten Sie gleich nächste Woche anfangen."

Der Mustervertrag war in Englisch geschrieben.

Arbeitszeit von acht bis siebzehn Uhr, Montag bis Samstag. Tätigkeitsbereich: Rezeption. Gehalt: Zwölftausend Baht pro Monat, auszahlbar bis zu Zehnten des Folgemonats. Drei Seiten Bla-bla-bla über Loyalty und den Umgang mit den Gästen (der Gast hat immer Recht). Arbeitskleidung: Schwarzer, knielanger Rock, die Prestige-eigene Bluse mit Emblem, nahtlose Nylonstrümpfe und schwarze Schuhe. Die Bluse muss bei uns gekauft werden.

Sie saßen nicht in der Lobby, sondern auf einer Bank im parkähnlichen Freigelände des „Prestige" und Julee vertiefte sich in den Mustervertrag wie in die Gebrauchsanleitung für ein kompliziertes Haushaltgerät. Drei Männer in Badehose mit dicken Bäuchen und Doppelkinn gingen heftig diskutierend vorbei. Alle drei waren tätowiert, geschmückt mit Goldkettchen und Ringen, und einer hatte ein Formular in der Hand. Sie sprachen Russisch. Нет, не подпишу, verstand Heinz. Was immer das war, was der eine nicht unterschreiben wollte, es brachte die anderen beiden in Rage. Nachdem Julee mit dem Mustervertrag fertig war, steckte sich Heinz eine Pfeife an und drehte den Kopf zu ihr. „Na, was sagst du?"

„Mit deinem Einverständnis würde ich es probieren. Was kann ich schon verlieren. Wenn es schief geht, war's eben ein Versuch, eine neue Erfahrung."

„Und die Kündigungsfrist?"

„Kündigungsfrist? Ich gehe einfach nicht mehr hin. Das ist so üblich in Thailand. Natürlich erst nach dem Zehnten eines Monats, sonst zahlen sie mir das Gehalt des Vormonats nicht aus."

Herr Watthanawarangkul nickte und – Heinz staunte – gab Julee die Hand. „Willkommen im Team! Wenn Sie am Montag um acht Uhr – wir legen Wert auf Pünktlichkeit – kommen, stelle ich Sie den Kollegen vor und weise Sie in ihre Arbeit ein."

Nachdem sie ins Auto eingestiegen waren – Julee wollte ans Steuer – wurde sie etwas nachdenklich. „Es gibt nur ein Problem: Wie komme ich von Jomtien hierher zu meiner Arbeitsstelle?"

„Na mit dem Auto. Wie sonst? Die Fahrt geht zwar mitten durchs Zentrum von Pattaya, die Second Road hin und die Beach Road zurück, aber mit deiner Erfahrung – kein Problem. Etwas kritisch ist nur der Delfin-Circle, da ändern sie ständig die Verkehrsführung. Und wenn ich das Auto mal brauche, dann musst du eben versuchen, mit öffentlichen Verkehrsmitteln und Motorad-Taxi zum ‚Prestige' zu kommen. Wird schon gut gehen."

Und es ging gut. Heinz meisterte den kleinen Haushalt, brachte die Wäsche zur Wäscherei, holte sie sauber und gebügelt wieder ab und hielt die vierzig Quadratmeter in Schuss. Ab siebzehn Uhr saß er dann meist auf dem Balkon und wartete auf das Auto, das mit blinkenden Scheinwerfern um die Ecke auf den Parkplatz des Kondominiums einbog. Julee stieg aus und winkte nach oben. Schick sah sie aus in ihrer Rezeptions-Uniform.

Doch nach fünf Wochen, an einem Dienstag, bog das Auto nicht um die Ecke. Gegen achtzehn Uhr – Heinz war schon in Panik – kam sie endlich, aber mit einem Motorrad-Taxi.

„Ich bin in eine Verkehrskontrolle geraten."

„Na und?"

„Sie haben mir den Zündschlüssel weggenommen."

„Wieso *das* denn?"

„Ich habe doch keinen Führerschein."

„Waaaas? Das kann doch nicht wahr sein."

Seine Sprachlosigkeit und sein Kopfschütteln hielten an bis sie sich schlafen legten.

Die nächsten drei Wochen chauffierte Heinz sie zur Arbeit ins „Prestige", oder sie benutzte Baht-Bus und Motorrad-Taxi. Dann, es war der zwölfte Januar, ging sie einfach nicht mehr zur Arbeit. Herr Watthanawarangkul musste sich eine neue Rezeptionistin suchen. „Prestige" ade.

Die beiden hatten andere Pläne.

XII.

Heinz saß auf dem Balkon, die Füße auf der Brüstung, die Beine angewinkelt. Ausstrecken konnte er sie nicht, dazu war der Balkon zu klein. Und wenn Julee herauskam, musste er aufstehen, damit sie an ihren Sitz kam. Und drinnen im Zimmer? Man konnte sich kaum noch bewegen. Alles vollgestellt: zwei große, echte Zimmerpflanzen, Julees Koffer und Kartons, Heinz' Computertisch, ...

„Ich fühle mich wie ein Flüchtling in einer Notunterkunft. Wir sollten ans Umziehen denken. Mindestens zwei Zimmer oder ein Haus", sagte Heinz zwischen zwei Zügen aus seiner dampfenden Pfeife.

Julee, der die Enge ihres Zimmers auch auf die Nerven ging, nickte. „Aber wohin?"

Phuket oder Pattaya, eventuell noch Bangkok oder Chiang Mai – das sind die Orte, die einem einfallen, wenn man von Thailand spricht. Phuket – wer sich am Meer erholen will, Pattaya – wer etwas erleben will, Bangkok und Chiang Mai – wer kein Beach-Fan ist.

Sie wollten beides: Sich erholen *und* etwas erleben, und sie liebten die Nähe des Meeres und wollten auf einen nahen Beach nicht verzichten. Bangkok und Chiang Mai fielen aus. Was sie auch nicht wollten, war Phuket und Pattaya. Zu viel Rampa Zampa, zu viel erlebnishungrige Touristen. Patong Beach oder Walking Street? Nein! Aber das Meer und gleichzeitig das Flair einer Stadt, mit Restaurants, Geschäften und Shopping Malls – gibt es das?

Eine rot-goldene Dämmerung beendete gerade einen Tag voller Sonnenschein und heißer Luft über Jomtien. Im Pool, dessen Wassertemperatur fast bei dreißig Grad lag, tummelten sich nur noch wenige Wasserratten. Im Restaurant stellte der Kellner eine Kerze auf jeden Tisch, und aus der Küche drang der Duft von gebratenem Seafood.

Sie saßen zusammen mit Joseph und Vic im Restaurant am Swimming-Pool. Vic, in einem superknappen Bikini, hatte ein halbdurchsichtiges Tuch über den Körper geworfen. Joseph saß gerade, stieß mit seinem Bierbauch an den Tisch und löffelte seinen Nachtisch, ein Mix aus exotischen Früchten auf Eis.

„Das Meer und gleichzeitig das Flair einer Stadt – wo gibt es das in Thailand?", warf Heinz in die Runde.

Joseph tippte mit dem Löffel ans Glas und schaute abwechselnd Heinz und Julee an. „Wollt ihr umziehen?"

Statt einer Antwort fragte Julee: „Kennst du Hua Hin?"

Joseph wischte sich die Finger an der Serviette ab und fuhr sich über seine Glatze, auf der sich die Lampen des Restaurants spiegelten. „Das königliche Seebad? Ja, ich war ein paarmal dort. Wenn du aber bei *königliches Seebad* an prachtvolle Seepromenaden und Paläste wie in Cannes oder Nizza denkst, dann liegst du falsch. Ja, es gibt einen Königspalst, den irgendein Vorfahre von Bhumibol gebaut hat, aber der Palast und das ganze Gelände drum herum ist für Normalis tabu. Ansonsten finde ich Hua Hin interessanter und gepflegter als die meisten thailändischen Städte. Es gibt eine Menge Geschäfte und zwei große Shopping Malls. Und – vielleicht nicht ganz unwichtig – drei Krankenhäuser. Und einen interessanten Bahnhof, ganz im traditionellen thailändischen Stil."

Vic fügte noch hinzu: „Und einen langen Beach, auf dem man ein Reitpferd mieten kann, um von einem Ende zum anderen zu galoppieren."

Heinz nahm einen Schluck Wein und steckte sich eine Pfeife an. „Würdet ihr dorthin ziehen?"

„Wir wohl eher nicht. Wir brauchen die Atmosphäre von Pattaya, diesen Drive. Und damit meine ich nicht die Walking Street."

„Okay, wir schauen uns Hua Hin mal an", beschloss Heinz.

„Und wenn ihr wegzieht, wen soll ich dann mittwochs Matt setzen?"

„Wir können ja übers Internet spielen."

Heinz drückte mächtig aufs Gas, die reichlich dreihundert Kilometer von Pattaya, an der Ostküste des Golfs von Thailand, nach Hua Hin, an der Westküste, schafften sie in fünf Stunden. Stau gab es nur in Bangkok vor der gewaltigen Hängebrücke über den Chao Phraya. Wie die Seile einer überdimensionalen Harfe spannen sich die armstarken Seile zwischen den Pylonen, die in der Sonne golden glänzen. Kurz davor hatten sie linker Hand die Riesenstatue des Erawan, eines Elefanten mit drei Köpfen, das Reittier mehrerer hinduistischer Götter, passiert. Rechter Hand ragten in der Ferne die Hochhäuser Bangkoks wie überdimensionale Zahnstocher in den Himmel.

In der Gegend von Samut Sonkhram näherte sich der Highway dem Meer. Auf der linken Seite der Straße kamen große flache Wasserbecken in Sicht. Meersalzgewinnung! Auf manchen Wasserbecken war schon der weiße Schimmer des Salzes zu sehen, als hätte es dort vor kurzem geschneit. Bei einem Verkaufsstand am Straßenrand kauften sie einen Beutel Meersalz. Das sei besonders gesund, meinte Julee, und der Verkäufer nickte heftig.

Sie ahnten nur, dass sie Hua Hin erreicht hatten, denn ein Ortsschild gab es nicht. Doch laut Karte sollte es so sein. Die Häuser wurden größer und standen dichter, und den Fahrbahnrand säumten frisch verschnittene Büsche. Im Zentrum angekommen wussten sie es. *Wellcome to Hua Hin* stand auf einem Transparent quer über der Straße. Das zweite *l* in *Welcome* beeinträchtigte nicht die Wirkung des freundlichen Willkommensgrußes.

Heinz hatte einen steifen Rücken, und der Hintern tat ihm weh. Erst mal eine Pfeife paffen, das war opportun nach dieser Tour. Sie setzten sich in ein Straßencafé, bestellten Cola und Bier und entwarfen einen Schlachtplan für die Erkundung der Stadt.

Nach drei Stunden trieben sie Durst und Erschöpfung wieder ins selbe Café zurück. Sie bestellten beide ein Omelett und ließen die müden Beine baumeln. Heinz wischte sich den Schweiß von der Stirn und rückte den Ventilator in seine Richtung. „Recht nett, diese Stadt. Auch der Strand. Was fehlt, ist eine Straße oder eine Bummelmeile entlang des Meeres. Aber man kann nicht alles haben."

„Immobilien zum Mieten oder Kaufen gibt es in Hülle und Fülle", sagte Julee, als sei sie schon sicher, hier Wurzeln schlagen zu wollen. „Wir waren nur in fünf Immobilien-Büros, wahrscheinlich gibt es Duzende davon."

„Ja, die Auswahl ist riesig, dennoch – oder gerade deshalb – wird es nicht leicht sein, das Richtige zu finden. Das ist eine Entscheidung, die man nicht auf die Schnelle treffen sollte."

Sie sagten es nicht, aber für beide war es so gut wie sicher: Hua Hin soll es sein. Hier werden sie suchen und sicherlich fündig werden.

Im Nin-Nam-Sai-Suai-Kondominium, gelegen am nördlichen Stadtrand von Hua Hin, unterschrieben sie am nächsten Tag einen Mietvertrag für ein Appartement. Ab dem Ersten des nächsten Monats für die vier Monate, die sie zum Suchen ihrer zukünftigen Bleibe nutzen wollten. Der Name des Kondominiums ist kompliziert, aber das Anmieten war einfach. Zwei Zimmer plus Bad, eine Unterschrift und eine Monatsmiete als Deposit – fertig.

Julee strich sich die Haare aus dem Gesicht und schlug auf dem Armaturenbrett den Takt zur Musik aus dem Autoradio. Angeblich ein populärer thailändischer Song, den Heinz schrecklich fand. Mit dem Mietvertrag in der Tasche und der Hoffnung, dass Hua Hin die richtige Entscheidung war, fuhren sie zurück nach Jomtien.

XIII.

Er hatte es schon erwartet, aber nicht so bald. Doch Julees Miene ließ keinen Zweifel, dass sie es ernst meinte. „Ich muss nach Hause fahren, meinen Papa besuchen, noch bevor wir umziehen."

Mit *nach Hause* meinte sie das Dorf ihrer Kindheit. Heinz hätte es lieber gesehen, wenn ihr *Zuhause* da wäre, wo sie beide zusammen lebten. Julee saß auf der Chaiselongue, beide Arme um die angewinkelten Beine geschlungen, ihr Kopf wanderte wie beim Verfolgen eines Tennisspiels hin und her, denn Heinz ging mit großen Schritten im Zimmer auf und ab.

„Kannst du das nicht verschieben? Papa ist doch nicht allein, er hat doch die Großfamilie um sich."

Julee rutschte nervös auf dem Sofa hin und her, wie eine Verdächtige, die dem Kommissar noch nicht alles gebeichtet hatte. „Doch, er ist allein. Ich hab dir von meiner Familie erzählt, aber nicht alles."

„Dann tue es bitte jetzt!"

Julee ließ die Beine auf den Boden fallen und verschränkte die Hände hinter dem Kopf. „Als ich fünfzehn war, ließ meine Mutter sich scheiden, zog nach Deutschland und heiratete dort. Kurz danach folgte ihr meine Schwester Rapipan, heiratete dort auch einen Deutschen und hat inzwischen zwei Kinder. Mutter und Schwester weit weg, in einem Land, das ich bis dahin nur dem Namen nach kannte. Meine älteste Schwester Nyng verdient auf Palau als Kellnerin Geld für ihre Familie, die in Bangkok lebt."

„Ist Palau nicht eine Insel weit ab im Pazifik?"

„Ja." Julee kratzte sich am Knie, bis dort rote Striemen zu sehen waren und schaute in die Richtung, in der sie Palau vermutete. „Jedenfalls war nur noch ich bei Papa, nachdem meine jüngste Schwester Jeab, die du kennst, an die Uni nach Bangkok gegangen war."

„Und was passierte mit eurer Farm?"

„Nach der Scheidung verpachteten meine Eltern die Farm, und mein Papa nahm einen Job in einem Hotel in der Nähe unseres Dorfes an. Doch das ging nicht lange gut."

„Warum?"

„Er begann zu trinken, erst ab und zu, dann mehr und mehr und stärkere Sachen. Den Job in dem Hotel verlor er."

Jetzt stellte Heinz seine Wanderung durchs Zimmer ein, setzte sich zu Julee und legte ihr den Arm auf die Schulter. „Das waren keine guten Aussichten für dich."

„Ja, wie das so ist mit Trinkern. Ich war das Kind, er der Vater, aber in Wirklichkeit waren die Rollen vertauscht: *Ich* war es, die sich um *ihn* kümmern musste. Wie oft bin ich abends durchs Dorf gerannt und habe nach ihm gesucht? Gefunden habe ich ihn dann in irgendeiner Kaschemme oder in Gesellschaft seiner Saufkumpane beim feuchtfröhlichen Umtrunk. Der Heimweg war kein Vergnügen"

„Und wie lange hielt diese prekäre Situation an?"

„Drei Jahre, bis ich an die Uni nach Bangkok ging. Da war ich Achtzehn. Seitdem lebt mein Papa allein. Wie er es geschafft hat, vom Alkohol los zu kommen, weiß ich nicht. Jedenfalls trinkt er jetzt nur noch Wasser und Saft. Verstehst du jetzt, warum ich fahren will, fahren muss?"

Heinz versuchte, sich in Julees Situation zu versetzen. „Ja, und wie lange willst du bleiben?"

„Nicht länger als eine Woche."

Die Hunde kläfften, als Julee aus dem Taxi stieg. War ich solange nicht hier, dass ich wie ein Eindringling begrüßt werde? Papa kam die kleine Treppe aus dem Haus herab, verjagte die Hunde, ging auf sie zu, machte den Wai und umarmte sie. Sie streichelte seine Hand, rau wie Rost, übersäht von Narben. Alt war er geworden, nicht nach Jahren, aber nach seinem Habitus. Ein kleiner, schmächtiger Mann mit kurzen, schwarzen Haaren, der an Buddha glaubt und vielleicht daraus dir Kraft fürs Weiterleben zieht. „Wie war die Reise?", fragte er, nachdem er endlich die Umarmung gelöste hatte.

„Ja, wie war die Reise? Ich bin mit dem durchgehenden Nachtbus von Bangkok bis Khon Kaen gefahren und habe die ganze Zeit geschlafen. Schlafen, wie das im Bus eben möglich ist. Dann habe ich von Khon Kaen ein Taxi genommen."

Er legte die Hand auf ihre Schulter, nur um sich zu überzeugen, dass sie wirklich da ist. „Komm ins Haus, meine Liebe. Wie lange haben wir uns nicht gesehen! Schön siehst du aus, eine richtige Dame! Setz dich hier auf das Sofa. Willst du etwas trinken? Ich habe Fruchtsaft, selbst gepresst. Oder willst du lieber einen Kaffee?"

„Am liebsten würde ich erst mal duschen."

Die Bilder der Kindheit kehrten zurück, als Julee den Waschraum betrat. Noch immer das stinkende Loch, das sie Toilette nannten und der Wassertrog, von Papa frisch gefüllt, die sogenannte Dusche. Am liebsten wäre sie – wie damals – in den Trog gesprungen, Strafe war ja jetzt nicht zu erwarten. Doch entweder war der Trog kleiner geworden oder sie größer. So nahm sie die Schöpfkelle und „duschte".

Und das Haus? Mehr als die Hälfte war abgerissen worden. Nur noch sechs Tragepfosten stützten die erste Etage, die jetzt aus einem einzigen Raum bestand. Unten gackerten die Hühner, oben schlief und wachte Papa. Die Büffel waren verschwunden.

Papa stellte ihr ein Glas mit etwas Gelben vor die Nase. „Trink erst mal einen Mangosaft, mit dem Kaffee musst du noch warten. Der Strom ist wieder mal ausgefallen. Wir hatten letzte Nacht Sturm und ...“ Er ließ den Satz im Raum hängen. „Naja, du kennst das ja.“

„Ja, das kenne ich auch aus Pattaya. Da fällt nach einem Wolkenbruch oft der Strom aus. Rätselhaft ist nur, wie die bei dem Gewirr von Oberleitungen den Defekt so schnell finden.“

„Die ziehen einfach eine neue Leitung, wodurch das Gewirr immer größer wird. Hier gibt es weniger Leitungsgewirr, aber auch weniger Leute, die sich damit auskennen.“

Während sie ihren Saft trank dachte Julee: Was würden wir machen ohne Strom? Globaler Stromausfall! Keine Beleuchtung, kein Computer mehr, kein Handy könnte aufgeladen werden, ganze Industrien und der Verkehr stünden still. Ein Desaster! Aber bevor es Elektrizität gab, haben die Menschen auch gelebt. Es gab hoch entwickelte Kulturen, Pyramiden und riesige Tempel. Alles ohne Strom! Da machte es Plong, und die drei Glühlampen, die an freihängenden Kabeln im Raum verteilt waren, brannten wieder, und der im Topf hängende Tauchsieder brachte das Wasser zum Brodeln. Der Kaffee war gerettet.

Julee rührte mit dem Löffel in der Kaffeetasse. Milch hatte Papa nicht, aber Zucker. Sie nahm anstatt der Milch zwei Löffel Zucker und schaute sich beim Rühren in Papas Zimmer um. Die Schränke kannte sie zum Teil noch aus dem alten Haus. Papas Bett war ein Holzgestell mit einer Matratze darauf und einem Gazezelt gegen die Mücken darüber. Auf dem Boden lag etwas, das Julee von früher noch als Teppich kannte. Der schwarz-weiß-Fernseher auf einem kleinen Tisch in der Mitte des Raumes war noch derselbe, vor dem sie damals mit ihren Schwestern gehockt und bei Trickfilmen am Daumen gelutscht hatten. Die Rückseite des Raumes war offen, so dass tagsüber das Tageslicht den Raum erhellten konnte. Fenster gab es keine, nur Schlitze zwischen den Brettern der Wände, die bei großer Hitze für Durchlüftung sorgten. Ein Sessel und ein Sofa in der Ecke sorgten für einen Hauch von Gemütlichkeit.

„Papa, lass uns einen Spaziergang machen. Zeig mir, was neu ist in unserem Dorf."

Beim Hinausgehen merkte Julee, dass Papa sehr langsam die kurze Holztreppe hinabstieg.

„Das Alter!", brachte er wie als Entschuldigung hervor und griff zu einem Stock, der am Fuß der Treppe stand.

Das Alter, dachte Julee, dabei ist Papa zehn Jahre jünger als Heinz.

Sie begrüßten die Nachbarn, einen dicken Mann mit Glatze und eine dürre Frau mit blassem Gesicht, die sich vor kurzem ein neues Haus aus Stein gebaut hatten und darauf mächtig stolz waren. Die Frau hielt ein Baby auf dem Arm, und zwei kleine Kinder hingen an ihrem Rochzipfel. „Unsere Enkel", sagte die Frau, „unsere Tochter arbeitet in Khon Kaen." Auch darauf waren sie stolz.

Dann gingen Julee und Papa am Tempel und einigen neuen Geschäften vorbei, darunter einem modern eingerichteten Laden für Smartphones und einem Friseursalon, in dem gähnende Leere herrschte. Die Friseurin stand in der Tür und blätterte in einer Zeitschrift. Als sie Julee sah, steckte sie einen Finger in die Zeitschrift und hielt die flache Hand über die Augen. „Hallo Julee! Wieder mal daheim?"

„Hallo Mali! Ja, aber nur kurz. Und wie geht's?"

„Ich suche immer noch ... mein Alter habe ich schon zweimal runtergesetzt."

Julee wusste, dass Mali sich bei einer Dating-Seite angemeldet hatte. Schon vor über einem Jahr.

„Viel Erfolg. Nicht aufgeben!"

„Ach, leck mich doch …"

Julee wollte zum See gehen, wo sie als Kinder immer herumgetollt waren.

Papa kratzte sich am Hinterkopf. „Wir können hingehen, aber baden kann man dort nicht mehr. Es heißt, das Wasser sei troxisch, oder so ähnlich, was immer das bedeutet."

Tatsächlich war keine Menschenseele am See, das Wasser roch ungesund, und Muscheln fand man auch nicht mehr.

Am Abend, sie saßen vor dem Fernseher, ging wieder das Licht aus. Papa zündete eine Petroleumlampe an und stellte eine Frage, die ihm seit ihrer Ankunft auf der Zunge lag: „Wie lange bleibst du?"

„Geplant ist eine Woche. Ich werde deine Hütte auf Hochglanz polieren und dir helfen, den Garten in Ordnung zu bringen. Und natürlich Tanten und Onkels besuchen."

Es wurden zwei Wochen daraus (wenn eine Thai sagt *eine Woche*, dann muss man mit zwei Wochen rechnen – so Joseph). Heinz kaute schon vor Ungeduld an den Nägeln. Er rannte ziellos in seinem Zimmer umher und ging Joseph auf die Nerven. Wenn er allein war, spielte er vor langer Weile Saxophon. Luftsaxophon! Als junger Mann hatte er in einer Band vor Publikum Saxophon gespielt und erfahren, welche erotische Wirkung dieses Instrument auf weibliche Zuhörer hat. Jetzt, fünfzig Jahre später, spielte er Captain Cooks „Love me tender" auf dem Luftsaxophon und niemand konnte hören, welch mittelmäßiger Spieler er war, schon damals.

Als Julee endlich zurückkam, war er schon mit dem Zusammenpacken ihrer Habe beschäftigt. „Nächste Woche brechen wir unsere Zelte hier ab. Hua Hin wartet auf uns."

Julee sankt erschöpft auf das Bett als das Licht ausging und die Klimaanlage pip machte. Gestern war Gewitter.

XIV.

„Der muss noch da hoch." Heinz streckte den Zeigefinger in Richtung Schlafzimmer, das fünf Stufen höher lag als das Wohnzimmer. Er und der Möbelpacker standen schwitzend vor dem Kleiderschrank, der neben einer Anrichte und dem Schreibtisch das einzige Möbelstück war, das sie von Jomtien nach Hua Hin mitgenommen hatten. Heinz wischte sich den Schweiß von der Stirn, und der Möbelpacker sagte auf Thai: „Wir werden den Laden schon schmeißen", was sich für Heinz anhörte wie: Verdammte Plackerei.

Die Umzugsfirma war ein Zweipersonen-Unternehmen: Ein stämmiger Mann mit Bizeps wie kleine Luftballons und seine zierliche Frau, die ihrem Mann aber an Tatkraft in nichts nachstand. Umzugswagen war ein Toyota-Pickup mit Kastenaufbau. Auf den Kasten hatte Heinz bestanden; es könnte ja sein, dass es am Umzugstag regnet. Drei Tage vor dem Umzug von Jomtien ins Nin-Nam-Sai-Suai-Kondominium wurde das Geschäft abgeschlossen. Heinz zeigte dem Mann, also dem Chef der Umzugsfirma, was alles zu transportieren war. Der nickte, hob die rechte Hand mit gespreizten Fingern und sagte: „Fünftausend Baht. Tausend jetzt und den Rest danach."

Heinz kramte einen Tausend-Baht-Schein heraus und drückte ihn dem Chef in die Hand. Einen schriftlichen Vertrag gab es nicht, auch keine Quittung. Es war wie auf dem Wochenmarkt: Ware dem Kunden, Geld dem Verkäufer, koop khun khrap[1], fertig. So funktioniert hier die kleine Schattenwirtschaft, die einen erheblichen Teil der Gesamt-

---

[1] Vielen Dank

wirtschaft ausmacht. Allenfalls wird um den Preis gefeilscht. Umsatzsteuer, Gewinnsteuer ... nie gehört.

Also, der Kleiderschrank musste noch hinauf ins Schlafzimmer. Sie kippten ihn, der Mann packte vorn an, dessen Frau und Heinz hinten. Es war ein Ziehen und Schieben, bis er endlich da stand, wo er stehen sollte.

Heinz schenkte vier Gläser Bier ein. Prost – Tschon gäau[1]. Julee und die Möbelfrau verzichteten, deren Gläser leerten die Männer noch mit einem zweiten Prost (zwei Bier sind kein Alkohol – so der Möbelmann). Dann verschwand die Umzugsfirma und Julee und Heinz standen Hand in Hand in ihrem vorläufigen Zuhause: dem Zweizimmer-Appartement im Kondominium mit dem sperrigen Namen „Nin Nam Sai Suai". Die Suche nach dem *richtigen* Zuhause konnte beginnen

„Als Übergangslösung nicht schlecht", meinte Julee, nachdem sie das Appartement gründlich in Augenschein genommen hatte. Im Wohnbereich – ein Sofa, das allerdings beim Hinsetzen krächzte und seine Federn in den Hintern bohrte, vor dem Sofa ein Couchtisch, gegenüber an der Wand eine Fernseher, ein kleiner, runder Tisch mit zwei Stühlen, Heinz' Schreibtisch und Anrichte, eine kleine Küchenzeile und der Eingang zur Toilette mit Dusche. Fünf Stufen führten zum Schlafzimmer hinauf (das sollte wohl das Feeling eines Penthouses vermitteln). Anstatt der Dachterrasse gab es allerdings nur einen kleinen Balkon, auf dem auch noch der Kompressor der Klimaanlage rumorte. Somit war der Balkon nur benutzbar, wenn die Klimaanlage nicht lief.

---

[1] Prost

Für Auto und Motorbike gab es im Erdgeschoß Unterstellmöglichkeiten. In der Mitte des U-förmigen Gebäudes plätscherte ein künstlicher Wasserfall durch einen tropischen Minigarten. Am Ende des Minigartens – ein nierenförmiger Swimming-Pool mit einer künstlichen Insel.

Zum Meer, am Ende der Soi 7, gelangte man in weniger als zehn Minuten zu Fuß. Am besten, man nahm einen Stock mit, um sich der Horde von Straßenhunden zu erwehren, die dort ihre Herrschaft ausübten. Leider wurde der Strand bei Flut überspült, so dass man nur bei Ebbe würde baden können.

Julee strich sich mit der rechten Hand über den Bauch. „Ich habe Hunger, ich habe ja heute nicht mal gefrühstückt."

Sie duschten, zogen sich um und verließen das Kondo. Gegenüber der Soi 7 zweigte von der Phetkasem Road die Soi 6 ab, auf der sie ein Dutzend kleiner Restaurants fanden. In „Mums Kitchen" wählte Heinz aus der Speisekarte einen Schweinebraten für einhundert Baht. Der schmeckte tatsächlich wie aus Mutters Küche. Julee nahm einen Mix aus verschiedenen Meeresfrüchten. Auch lecker, aber scharf!

Nach dem Essen spazierten sie die Soi 7 hinunter zum Meer. Es war Ebbe. Das Meer hatte sich weit zurückgezogen, ließ große Flächen feuchten Sandes zurück, dazwischen Meerwasserpfützen, in denen sich kleine Fische und Krabben tummelten. Weiter draußen sammelten einige Burschen, bis zu den Knöcheln im Wasser, Krebse. Der Strand war übersät von abgestorbenen Muscheln. Ein einsames Boot lag wie ein totes Tier auf dem Sand. Ein leichter Wind machte die Hitze erträglich. Hinter ihnen, hoch oben auf einer Mauer aus Natursteinen, blinkten die Lichter des Restaurants „White Sand Beach", aus dem, wie vom Wind getragen, Stimmen herüberwehten. Sie zogen die Schuhe aus und wateten ein

Stück hinaus. Bevor man schwimmen kann, muss man wahrscheinlich zweihundert Meter laufen. Heinz zeigte mit dem Finger geradeaus aufs Meer. „Siehst du, ganz weit da drüben, immer geradeaus, hinter dem Buckel des Meeres liegt Jomtien. Da haben wir gestern noch gewohnt." Er zieht sie zu sich heran, wuschelt seine Nase in ihr Haar und küsst sie auf die Wange. Ihre Haut schmeckte nach Salz und roch nach Tang. „Darling, in den nächsten Wochen suchen wir uns ein Nest, nur für uns, ein Kokon der Liebe."

„Wonach wollen wir suchen?" Julee hatte den Laptop aufgeklappt und unter Hua Hin den Begriff „Real Estate" eingegeben. Die Liste der Immobilien-Agenturen war lang wie der Zopf von Rapunzel.

„Nur gemach", sagte Heinz, „wir haben vier Monate Zeit, unser Wunschobjekt zu finden. Zuerst müssen wir entscheiden, ob wir mieten oder kaufen wollen"

Julee schaute ihn mit großen Augen an. „Na, das ist natürlich deine Entscheidung. Ich kann weder Mieten noch Kaufen."

„Wenn wir ein Objekt, das unseren Ansprüchen genügt, mieten würden, müssten wir etwa mit fünfundzwanzigtausend Baht pro Monat rechnen. Das wären im Jahr dreihunderttausend und in zehn Jahren drei Millionen." Julee nickte, tat als hätte sie mitgerechnet. „Wenn wir das gleiche Objekt kaufen, müssten wir mit etwa drei Millionen Baht rechnen. Aber das Objekt hätten wir nach zehn Jahren immer noch, und dann ist es vielleicht vier Millionen wert."

„Julee nickte wieder. Also kaufen?"

„Von dem Erlös aus meinem Hausverkauf in Erlangen könnten wir uns das locker leisten. Allerdings muss ich noch mindestens eine halbe Million Baht für Gesundheitskosten zurücklegen, denn ich habe ja keine Krankenversicherung. Und verreisen wollen wir ja auch mal, und für Unvorhergesehenes brauchen wir eine Reserve. Für die normalen Lebenshaltungskosten reicht meine Rente."

Julee nickte wieder. „An was du alles denkst. Typisch Deutsch!" Das klang nicht anerkennend, sondern eher spöttisch.

„Hast du eigentlich vom Gehalt deiner Arbeit im ‚Prestige‘ etwas zurückgelegt, falls du mal krank wirst und ins Hospital musst?"

„Nein, das habe ich längst ausgegeben."

Heinz ging auf den Balkon und steckte sich eine Pfeife an. Da war es wieder: Das Gefühl, dass die Thais nur an heute, bestenfalls noch an morgen denken. Was später kommt – werden wir später sehen. Reserven für Krankheitsfälle – Fehlanzeige. Rentenversicherung – was ist das? Die Autoversicherung, fällig in drei Monaten – hat ja noch Zeit. Das Wort *Vorsorge* hat im Vokabular der Thais keinen Platz. Heute leben und glücklich sein (und andere glücklich machen); morgen? – Buddha wird's schon richten. Das heißt nicht, dass sie nicht vom großen Glück träumten. Die Tochter der Schwester meiner Tante hat bei der letzten Lotto-Ziehung hunderttausend Baht gewonnen. Also kann es sich doch lohnen, dass ich immer wieder ein Los kaufe. Irgendwann muss es doch mal klappen, vielleicht sogar mit der Million. Und – auch typisch Thai – dann gebe ich dir die Hälfte ab.

Also: Kaufen! Das war schon mal entschieden.

„Guten Tag, was können wir für Sie tun?"

Die Büros der Immobilien-Makler glichen sich wie ein Ei dem anderen. Moderne Einrichtung, meist aus Chrom und Glas, futuristische Gemälde an der Wand, junge, aufgepeppte Mitarbeiterinnen in schicken Kostümen und einem Business-Lächeln auf dem Gesicht; bequeme Besuchersessel und in der Ecke eine dampfende Kaffeemaschine.

Heinz setzte seine Pfeife in Brand. „Wir suchen in Hua Hin ein Appartement oder ein Haus."

Die nächste Frage war immer: „Zum Kauf oder zur Miete?"

„Zum Kauf."

Die nächste Frage: Wie ist Ihre Preisvorstellung?

Bei drei Millionen wurde man zum Platznehmen aufgefordert und ein Kaffee angeboten.

Dann kam die obligatorische Mappe mit den Angeboten, die man zwar auch im Internet ansehen konnte, aber hier wurden sie mit entsprechenden Gesten verbal untermalt, wobei man die Vorteile hervorhob und die Nachteile unter den Tisch fallen ließ. Bei drei Millionen nahm man sich Zeit, auf beiden Seiten.

Manche der gezeigten Objekte waren zu weit weg vom Zentrum, andere zu nahe, manche zu weit weg vom Meer, oder sie waren zu billig oder zu teuer. Meist blieben zwei oder drei übrig, die von der Immo-Tante mit einem Post-It-Zettelchen markiert wurden. Die sollten dann am nächsten Tag besichtigt werden.

Dazu wurde man sogar mit dem Auto von zu Hause abgeholt, und zwar pünktlich zur vereinbarten Zeit. Bei 10% Provision (das hatte Julee schon in Erfahrung gebracht) wollten die Agenturen ihre Kunden, die sie schon mal am Angelhaken hatten, nicht verlieren.

Was hatte Joseph am letzten gemeinsamen Abend in Jomtien ihnen geraten? Seid Atheisten, glaubt nur, was ihr seht, und zwar im Original, nicht nur auf Bildern! Das Gesäusel der Immo-Fritzen kann bestenfalls Begleitmusik sein.

Daran hielten sie sich. Julee und Heinz beendeten die Besichtigungen stets mit der Versicherung, man werde es sich überlegen. „Dürfen wir Sie in den nächsten Tagen mal anrufen?" Das war nicht zu verhindern, schließlich hing man an der Angel. Aber an der Angel hängen bedeutet nicht, sich ans Trockene ziehen lassen. Man kann auch an mehreren Angeln hängen und immer noch Ausschau nach einem besseren Köder halten. Die nächste Agentur war schließlich nur zwei Ecken entfernt.

So verging der erste Monat, ohne dass sich ein Favorit herausgeschält hätte. Irgendwas stimmte immer nicht. Manchmal nickte Julee und Heinz schüttelte den Kopf, manchmal war es umgekehrt. Waren sie zu wählerisch?

„Wir sollten unsere Strategie ändern", schlug Julee vor. Einfach aufs Motorbike setzen und Ausschau halten! Das Gequatsche der Immo-Leute vernebelt uns nur das Gehirn; die loben das, was sie unbedingt loswerden wollen.

Sie begannen im Landstreifen zwischen Phetkasem Road und Meer. Da gab es passende Objekte, aber es wurde schnell klar, dass die Häuser in Meeresnähe ihr Preislimit überschreiten würden. Da war mit drei Millionen nichts zu machen.

Nach drei weiteren Versuchen in der Umgebung, fuhren sie Ende der Woche die Soi 6 hoch. Hinter der Ampelkreuzung gabelte sich die Straße. Sie nahmen den rechten Abzweig, kamen an einem Tempel vorbei und hielten nach etwa sechs Kilometern an. Nein, das war zu weit weg, zu weit bis zum Meer und zu weit bis zur nächsten Einkaufsmöglichkeit. Also zurück zur Gabelung und weiter auf dem linken Abzweig, vorbei an kleinen Geschäften und mehreren Restaurants. Die Straße war ziemlich ramponiert, jede Menge provisorisch zugeschmierter Schlaglöcher und mehr oder weniger tiefer Rillen. Mit dem Motorbike war Slalom angesagt. Wie in Pattaya: Während die großen Hauptstraßen gut in Schuss waren, wurden die Nebenstraßen vernachlässigt.

Als sie gerade wieder umkehren wollten, fiel ihnen auf der rechten Seite ein in Stein gemeißelter Schriftzug auf: „Welcome to Pine Villages". Goldene Schrift auf schwarzem Granit. Hundert Meter weiter: neben dem geschlossenen Eingangstor aus schwarzem Eisengitter (wieder in Stein gemeißelt): Pine King Village. Daneben eine Text, schwarz auf gelbem Plastik: FÖR ATT ÖPPNA GRINDEN TRYCK PA KNAPPEN. Was mag das heißen, und welche eigenartige Sprache ist das?

Julee stieg vom Motorbike, ging näher heran und lächelte. „Du bist wohl halbblind? Da steht doch die Übersetzung: TO OPEN GATE PRESS BUTTON ←". Der Pfeil zeigte auf eine Art Klingelknopf. Also *presste* sie den *button*, und Heinz konnte hineinfahren in dieses King Village. Es empfing sie eine Art tropischer Garten mit Palmen, lila, roten, weißen Buganvilla, Hecken aus der korallenroten chinesischen Ixore, üppig Büsche blühender Dipladenias und Gewächsen, die sie nicht kannten. Zwischen dieser Pflanzenpracht – eine Anzahl Häuser, alle im gleichen Stil, wenn nicht gar identisch. Zu jedem Haus gehörte ein Carport und ein Stück Land. Nach dreihundert Metern gerader Straße öffnete sich ein kreisrundes Areal, das rundum mit gleichartigen Häusern bebaut war. In der Mitte – eine Liegewiese und ein Swimming Pool, der so groß war, dass er das Wort *Swimming* tatsächlich verdiente.

Es war Mittag, die Sonne stand im Zenit und eine himmlische Ruhe lag über der Anlage. Die Palmenwedel rauschten leise im Wind. Keine Menschenseele. Doch! Auf der Terrasse eines der Häuser saß ein Mann mit nacktem Oberkörper und las Zeitung. Als er Julee und Heinz sah, stand er auf und kam auf sie zu. „He, welcome to little Sweden."

Aha, also Schwedisch war's.

Vor zwölf Jahren sei das Village erbaut worden; vierzehn Häuser, vierzehn Schweden, mit oder ohne Familie. Die meiste Zeit des Jahres leben sie daheim in Schweden. Wenn dort das Thermometer unter Null fällt, Schnee und Eis das Leben kompliziert machen, dann flüchten sie in ihr Refugium unter der thailändischen Sonne.

„Wir suchen ein Haus als ständige Bleibe."

Der Schwede kratzte sich am Kopf und überlegte kurz. Das treffe sich gut. Eines der Häuser stehe zum Verkauf. Er ging ins Haus und kam mit einer Visitenkarte zurück. „Der Verkauf wird von der Immobilien-Agentur „Demax" gemanagt, versuchen Sie es dort mal."

„Mei lieber Schwede", murmelte Heinz vor sich hin, „das wär doch was!"

Mit *tack* – einer der drei schwedischen Vokabeln, die Heinz neben *skål* und *he* kannte – verabschiedeten sie sich von dem Schweden und fuhren ohne weitere Besichtigungen nach Hause.

Julee drehte die Visitenkarte in der Hand herum. „Demax, Demax – nie gehört. Steht auch nicht auf unserer Liste der Agenturen."

Im Internet fanden sie die Wegbeschreibung zum Office von Demax in Hua Hin. Vorsichtshalber meldeten sie sich telephonisch an. Morgen zehn Uhr wäre günstig. Ja, dann also morgen um zehn.

Die Agentur lag in einer kleinen Seitenstraße und war nicht so elegant (oder sollte man sagen: protzig?), wie die anderen, die sie schon kannten. Aber Platz nehmen durften sie trotzdem und einen Kaffee gab's auch.

Die Verhandlungen wurden von einem Amerikaner mit der Statur eines Türstehers geführt: groß, kräftig und mit einer Sicherheit im Auftreten, wie sie den Amerikanern nun mal eigen ist. Seine zierliche Frau, eine Thai, agierte mehr im Hintergrund. In seinem gurgelnden Amerikanisch, das Heinz immer so schwer verstand, erklärte er das Objekt, das sie ins Auge gefasst hatten, und legte eine Mappe mit Text und Bildern vor. Es war ein Haus im Rondell des Pine King Villages, ganz nahe am Swimming Pool. Wohnzimmer mit europäisch eingerichteter Küche, zwei Schlafzimmer, zwei Bäder – eines davon en Suite, eine große Terrasse und ein kleiner Storage-Room. Alles komplett möbliert und zum Einzug fertig, Drei Millionen Baht.

Julee und Heinz schauten sich in Ruhe Text und Bilder an und murmelten leise über das Für und Wider. Zwei Schlafzimmer, dachte Heinz, ein Schlafzimmer und ein Gästezimmer. Er hatte noch immer die Hoffnung nicht aufgegeben, dass seine Sophie ihn hier in Thailand mal besuchen würde. Der Amerikaner zündete sich derweil eine Zigarette an und unterhielt sich piano mit seiner Frau. Offensichtlich beherrschte er sogar die Thai-Sprache.

Heinz klappte die Mappe zu. „Ja, wir müssten das Objekt mal besichtigen, auch von innen natürlich. Wann würde das denn passen?"

„Wenn Sie wollen, sofort. Ich habe die Schlüssel."

Sofort – das war neu. Trotzdem hatten sie nicht das Gefühl, dass der Amerikaner ihnen das Objekt hatte aufdrängen wollen. Er nannte nüchtern die Fakten und versagte sich Schwärmereien über die Vorzüge seines Angebotes.

Sie fuhren mit dem großen SUV des Amerikaners hinaus zum Pine King Village, und nach der Besichtigung sagten Julee und Heinz wie immer: „Wir werden es uns überlegen."

Erstaunlicherweise sagte der Amerikaner nicht: Darf ich sie wieder anrufen ..., sondern er sagte: „Rufen Sie mich an, wenn Sie sich entschieden haben." Auch das war neu.

Heinz war begeistert von dem Objekt, Julee war ... einverstanden. Ihr missfiel, dass sie den Grund und Boden, auf dem das Haus steht, nicht kaufen, sondern nur leasen konnten. Da Heinz das Haus auf seinen Namen kaufen wollte (das hatte er Julee schon verklickert, ohne den Grund dafür beim Namen zu nennen), und da Ausländer in Thailand kein Land besitzen dürfen, blieb eigentlich nur die Leasing-Variante.

„My dear, der Leasing-Vertrag geht über dreißig Jahre und kann zweimal um die gleiche Zeit verlängert werden. In neunzig Jahren bin ich einhundertsechzig und du hunderteinundzwanzig! Dann könnten wir das Haus ja wieder verkaufen", sagte Heinz mit ironischen Unterton.

Julee nickte und sagte nur: „Okay."

„Wir überlegen noch bis morgen, ich berate mich telephonisch mit Joseph, und dann könnten wir dem Amerikaner Bescheid geben."

Am nächsten Tag sagte der Amerikaner am Telefon nur: „Ich gratuliere Ihnen zu Ihrer Entscheidung. Eine gute Entscheidung! Ich bereite den Vorvertrag vor und morgen gegen zehn Uhr könnten Sie vorbeikommen und unterschreiben."

Dieses *Unterschreiben* hatte sich der Amerikaner als Formsache vorgestellt, die normalerweise ruck-zuck geht, so dass der Wein in den bereitgestellten Gläsern nicht hätte warm werden können. Doch Heinz las immer genau durch, was er unterschrieb. Das dauerte seine Zeit, aber der Wein war noch nicht warm als er aufsah und sagte: „Ich bin mit allem einverstanden, nur mit einem nicht."

Der Amerikaner zog die Augenbrauen hoch und verschränkte die Arme über der Brust. „Und das wäre?"

„Ich zahle Ihnen nicht dreihunderttausend Baht Provision bevor ich nicht vom Landamt schriftlich bestätigt bekomme, dass ich Eigentümer dieses Hauses bin."

Der Amerikaner nahm die Hände von der Brust und streckte sie mit den Handflächen nach oben aus, wie ein Verteidiger, der vor Gericht einen Sachverhalt in Frage gestellt sieht, der keiner Diskussion bedarf. „Das ist hier so üblich, eine Sicherheit für den Makler, dass der Käufer nicht am Ende abspringt und der Makler auf seinen Vorleistungen sitzen bleibt. Das machen alle so."

„Alle, aber nicht ich." Heinz rückte den Stuhl zurück, stand auf und tat so, als wolle er Julee animieren zu gehen.

Da trat die Frau des Amerikaners, die offensichtlich die Chefin der Agentur war, in Aktion.

„Einen Moment bitte. Sie müssen verstehen, dass wir eine Sicherheit brauchen, dass unsere Bemühungen um diese Casa nicht vergebens waren. Wie viel wäre es Ihnen denn wert, uns diese Sicherheit zu geben?"

Heinz überlegte kurz, flüsterte mit Julee, und sagte: „Dreißigtausend jetzt und den Rest nach Unterzeichnung im Landamt."

Die Frau antwortete nach kurzem Überlegen: „Einverstanden. Dann ändern wir den Vorvertrag in diesem einen

Punkt." Der Amerikaner murmelte im Hintergrund etwas Unverständliches.

Der Wein war schon etwas warm, als sie auf diesen geänderten Vorvertrag anstießen. Der Amerikaner war zwar etwas mürrisch, aber als er die dreißigtausend Baht in Empfang nahm bemühte er sich um ein Lächeln und brachte ein „Thank you" und die Weinflasche hervor. „Another glass?"

„No, thank you."

Als sie wieder im Auto saßen, fragte Julee: „Warum warst du so störrisch wegen der Provision? Du willst doch das Haus unbedingt."

„Natürlich will ich es. Aber stelle dir mal vor, das Landamt genehmigt aus irgendeinem Grund den Kauf nicht, oder Demax geht vorher Pleite. Dann hätten wir dreihunderttausend Baht in den Sand gesetzt. Außerdem war ich mir sicher, dass sie auf meine Forderung eingehen."

„Schlitzohr!"

XV.

Sie schlossen gemeinsam die Tür des Hauses auf und Heinz hob sie über die Schwelle. „Das macht man so bei uns. Zum Glück bist du ein Leichtgewicht."

Julee kramte in ihrer Geldbörse und legte als erstes in die Ecke eines jeden Raumes eine Münze. „Damit reinigen wir das Haus, falls vor uns Leute mit schlechtem Karma hier gewohnt haben. Diese Münze bedeutet, dass dieses Haus jetzt uns gehört und sie garantiert uns Glück und Zufriedenheit.

„Dann leg möglichst große Münzen aus! Zehn Baht wären angemessen!"

„Auf den Geldwert der Münze kommt es nicht an; zehn Baht bringen nicht mehr Glück als ein Baht."

Heinz lächelte matt und ließ sie gewähren. Aberglaube war nicht sein Ding; früher hatte er spitze Bemerkungen gemacht, jetzt tolerierte er solchen esoterischen Hokuspokus. Schaden kann die Münze ja nicht. Die Gefahr besteht nur darin, zu glauben, mit dem Auslegen der Münzen genug für Glück und Zufriedenheit getan zu haben.

Später wurde auch im Grundstück vor dem Haus eine Münze vergraben. Dadurch war das Glück auch im Freien gewährleistet.

Welches Karma die Voreigentümer, die Peterssons aus Stockholm, hatten, wusste Heinz nicht, aber guten Geschmack hatten sie ganz offensichtlich. Die Einrichtung war niveauvoll und solide. Hier hatte die schlichte Sachlichkeit von IKEA keinen Platz; die Möbel waren aus massivem Holz und passten zueinander. Dass die Peterssons wegen Krankheit hatten verkaufen müssen, tat Heinz leid. Wahr-

scheinlich hatten sie versäumt, Münzen in den Räumen aus-
zulegen.

Heinz schickte Joseph eine E-Mail mit einer Beschreibung
des Hauses und Bildern von außen und innen. Mal sehen,
was er dazu sagt! Dann steckte er sich auf der Terrasse eine
Pfeife an und legte die Beine hoch. Mein Gott! Wie oft bin
ich schon umgezogen? Alleine in Deutschland an die zwan-
zigmal, die Kindheit mit gerechnet, und hier in Thailand
schon dreimal. Komme ich denn nirgendwo zur Ruhe?

Sein Haus in Erlangen hatte er geliebt; viele Erinnerungen
knüpften sich an diese Zeit. Die Bilder stürzen auf ihn ein,
dass er einen Film hätte daraus machen können. Sophie, als
Baby, mit strampelnden Beinchen im Kinderbett, oder ihre
ersten Schritte im Wohnzimmer, festgekrallt am Rand des
Couchtisches. Er, abends Pfeife rauchend im gemütlichen
Gartenstuhl auf der Terrasse, ringsum die blühende Natur
voller Düfte und das Summen der Insekten. Er hätte sich
vorstellen können, hier zu sterben. Doch dann kam die
Scheidung, und es bereitete ihm regelrecht physischen
Schmerz, als das Haus ausgeräumt wurde. Wie viel Arbeit
hatte er in dieses Haus gesteckt? – alles für die Katz.

Julee krempelte die Ärmel hoch und stürzte sich in die
Arbeit. Das Haus hatte einige Zeit leer gestanden und Patina
angesetzt. Was sie machte, machte sie gründlich, und Heinz
wurde um eine Erfahrung reicher: Thai-Frauen sind nicht nur
reinlich was ihre eigene Person angeht, sie lieben auch ein
sauberes Zuhause. Das jedenfalls galt für Julee.

Am Abend im „Krua Kru Meuk" fielen ihr beim Dinner
fast die Augen zu. Wieder blieb auf ihrem Teller die Hälfte
übrig. Doch heute störte Heinz das wenig. Er hob das Glas:
„Auf dass wir in unserem neuen Zuhause glücklich sind!"

„Dafür habe ich doch mit den Münzen gesorgt."

(Sie tut es nicht nur, sie glaubt auch daran.)

Am nächsten Tag – nein, sie arbeiteten nicht im Haus – sie schnappten sich ihre Campingstühle und die Bastmatte und fuhren an den Strand. Zuvor kauften sie noch einige Sandwiches und etwas zu trinken.

Die Pinien wuchsen bis nahe an den Strand heran und spendeten Schatten. Wie lange mögen die schon hier stehen, dachte Heinz, und wie lange stehen sie noch? Bevor die einmal vor Altersschwäche umfallen, werde ich längst als Aschekrümel im Meer schwimmen. Ja, er hatte beschlossen, und testamentarisch verfügt, dass er, wenn es einmal soweit ist, verbrannt und seine Asche ins Meer gestreut werde. Er wollte keinen Grabstein als Zeichen seiner Existenz hinterlassen, eher schon ein Bild in den Köpfen derer, die sich an ihn erinnern. Leben und Sterben – solche Themen kommen einen erst in den Sinn, wenn das Sterben näher ist als das Leben. Die Pinien nickten dazu mit ihren nadeligen Ästen.

Heinz riss sich die Kleider vom Leib und stürmte ins Wasser. Julee ging nur bis zur Brust hinein. Heinz ahnte warum: Sie hat noch Angst, im Meer zu schwimmen; sie fürchtet die Weite der Wasserfläche und die Wellen. Im Swimming-Pool hatte sie schon gute Fortschritte gemacht. „Das Wichtigste ist die Atmung", hatte Heinz ihr immer wieder zugerufen. „Kopf hoch beim Luftholen und runter beim Ausatmen." Zwei Längen hatte sie ohne Schwimmhilfe geschafft. Hier, im Meer, blieb es bei einigen Versuchen im Seichten.

Dann rückten sie ihre Bastmatte in den Schatten und Julee legte sich so, dass sie Heinz beobachten konnte. Er hatte ein Buch in der Hand und die Brille aufgesetzt. Die Pfeife lag griffbereit. Sie tat, als würde sie schlafen, aber das tat sie nicht, sondern beobachtete ihn mit halb geöffneten Augen.

Dieser Mann da, mit dem ich nicht nur das Bett, sondern auch meine Tage, also mein Leben, teile, was erwartet er von mir, und was erwarte ich von ihm? Ein Physiker, nicht gerade ein potentieller Nobelpreisträger, aber einer, der erst denkt, bevor er handelt und einer, der lieber wissen will statt glauben. Was nicht logisch ist, kann nicht wahr sein. Als hätte *er* die Logik erfunden! Einen satten Lottogewinn schreibt er nicht Buddhas Wille, sondern einem gewissen Herrn Zufall zu. Wenn er so dasitzt, werden ein paar Pölsterchen in der Bauchgegend sichtbar; auch beim Mann gibt es gewisse Stellen, die für Fettablagerungen besonders anfällig sind. Und die Haut ist etwas zu weit geworden, könnte ein Bügeln vertragen. Aber ansonsten ist er mit seinen siebzig Jahren ganz passabel ausgestattet. Fast vierzig Jahre trennen uns, ein Abgrund von vielen Jahren. Und was verbindet uns? Wir lieben uns, lieben uns über diesen Abgrund hinweg. Doch Liebe ist in seinem und auch in meinem Alter nicht mehr dieser über aller Realität schwebende Hauch der Glückseligkeit. Liebe muss sich im Alltag bewähren, sozusagen praxisfest sein. Der vielzitierte Satz: *Von Liebe allein kann man nicht leben* ist so banal wie wahr. Ohne finanzielle Sicherheit kann die Liebe schnell erlahmen. Er ist nicht reich, aber auch nicht arm. Mit chirurgischer Präzision achtet er ab dem Fünfzehnten darauf, dass das Budget des Monats nicht überschritten wird. Ist er deshalb kleinlich? Er ist auf eine disziplinierte Art sparsam, nicht zu viel ausgeben und nicht zu wenig. Alle Verschwender sind im Grunde genommen geizig – seine Worte. Er ist vorausschauend, nicht nur was den Monat, sondern was sein ganzes Leben betrifft. Er ist eben ein typischer Deutscher. Riesen in punkto Vorse-

hung und Zwerge in punkto Spontanität. Ihr ganzes Arbeits-
leben sind sie darauf bedacht, dass sie nur ja im Alter nicht
darben müssen. Ich sollte darüber nicht lachen, sondern froh
sein, denn es kommt nun auch mir zugute. Doch sein
Deutschsein ist manchmal auch schwer zu ertragen. Sein
Drang, alles was wir tun an *efficiency* zu messen, piept mich
an. Es stimmt schon: Effizienz ist nicht der Thais Stärke.
Doch was ist schlecht daran? Sei heute glücklich! Die Probleme von morgen lösen wir morgen. Ich könnte auch ohne
ihn leben, ohne seine Zuneigung und das selbstverständliche
Versorgtsein, aber wäre ich glücklicher?

Heinz legte das Buch zur Seite, setzte die Brille ab und
griff zur Pfeife.

„Wir müssen die Matte weiter in den Schatten rücken.
Und den Sand abschütteln. Die Sandwiches machen langsam
ihrem Namen Ehre."

Julee schlief oder tat so.

Heinz blies Rauchkringel und lauschte seiner inneren
Stimme.

Ich liebe ihre mandelförmigen Augen und ihr Gesicht mit
den ausgeprägten Wangenknochen und der etwas flachen
Nase, das mich an Gauguins Bilder der bunten Frauen von
Tahiti erinnert. Ihre langen, schwarzen Haare waren rund um
ihren Kopf wild über der Matte verteilt. Der knappe Bikini
lag eng an ihrer Haut, eine Haut wie polierte Bronze. Oder ist
es Amber? Ich liebe ihre jungfräulichen Brüstchen, die sich
im Takt ihrer Atmung heben und senken. Etwas eitel ist sie
natürlich auch. Wenn Frauen über Dreißig sind, beginnen
sie, sich genau zu betrachten, mit Vierzig beginnen sie, sich
zu bearbeiten. Jede neue Falte, jeder Pickel, jede Verfärbung
der Haut ist eine Pflegemaßnahme wert. Auf ihrem Board im
Bad stehen an die hundert Wässerchen, Cremes, Kosmetik-

stifte, Puder …. Auf vielen Fläschchen steht „Whitening". Das ist en vogue. Die moderne thailändische Frau hasst jeden Braunton ihrer Haut, am liebsten würde sie in Schlämmkreide baden. Julees Make-up wirkt nicht übertrieben. Gut, die Finger- und Fußnägel malt sie an, mit wechselnden Farben und Designs, und die Augenbrauen zieht sie mit schwarzen Stift nach, aber die Lippen schminkt sie nur zu besonderen Anlässen. Die ausgiebigste Pflege widmet sie ihrer Haut, mit der sie täglich einen regelrechten Kampf austrägt. Jetzt glitzert in feiner Film Sand auf ihrer Haut. Zum Glück hat sie den Kampf um das *Whitening* ihrer Haut verloren. Oder hat sie mir zu liebe die Waffen gestreckt?

Eine schlanke Frau! Eine schöne Frau! Und eine intelligente Frau! Sie akzeptiert nicht alles, was von mir gebe. Sie prüft es mit der ihr eigenen Logik, einer Logik, die mir manchmal Rätsel aufgibt. Sie hat unter ihrer dünnen Haut die Konstitution eines scheuen Rehs, nicht die eines Elefanten. Doch es gibt auch Momente, da wird das Reh zum Elefanten, der seinen Rüssel drohend gegen mich erhebt und etwas herausbrüllt, egal, ob es zur Sache passt oder nicht.

Wie die meisten Thais hat sie keine Ahnung von Madame Bovary oder Anna Karenina, aber – das liegt wohl an den weiblichen Genen – sie reagiert genauso wie jene, wenn sie sich ungerecht behandelt fühlt. Ja, sie kann auch laut werden, mich einen *stupid Farang* nennen und mir Wörter an den Kopf werfen, die normalerweise nicht zu ihrem Vokabular gehören. Doch ihr Liebesentzug hält nicht lange an. Dann legt sie – meist noch am gleichen Tag – ihre Hand auf meinen Arm: Komm darling, wir wollen nicht streiten. Ja, sie ist das, was man versöhnungsbedürftig nennt. Das ist es, das ich an ihr besonders schätze, denn auch ich leide unter Streit.

Allerdings bringe ich meinen Missmut oft nur durch trotziges Schweigen zum Ausdruck.

Jetzt würde ich gern mit meinen Fingern über ihre glatte Haut wandern und dabei unseres Altersunterschiedes bewusst werden. Was ist lächerlich daran? Die Leute, die mir wegen dieses Altersunterschiedes den Mantel der Lächerlichkeit umhängen, sind in Wirklichkeit Heuchler, denn nichts wäre ihnen lieber, als an meiner Stelle zu sein. Was ist lächerlich an der Beziehung zu einer jungen Frau, wenn sie nicht auf Geilheit, sondern auf Einvernehmen und auf Liebe beruht?

„Komm, lass uns nochmal ins Wasser gehen." Julee tat so, als würde sie gerade erwachen und reichte ihm die Hand. Gemeinsam stelzten sie über den heißen Sand zum Wasser, das, von einer leichten Brise getrieben, jetzt hüfthohe Wellen schlug. Sie schwammen nicht, sondern tobten wie übermütige Kinder in den Wellen herum. Die Sonne schwebte als roter Ball über den Wipfeln der Pinien, als hätte sie sich darin verfangen. Vom nahen Strandrestaurant drang Musik herüber. Die Band zelebrierte *Bésame mucho*, ein Song, den er vor fünfzig Jahren auf dem Saxophon gespielt hatte. Und auf dem Sandwich-Paket lag schon wieder Sand.

XVI.

Julee drückte ihm eine Kerze, einen kleinen Blumenstrauß und drei Räucherstäbchen in die Hand, und dann reihten sie sich ein in die Schar von mehreren hundert Gläubigen, die den Tempel dreimal umrundeten. Heinz kannte schon viele buddhistische Rituale, aber dieses noch nicht. Beim Laufen murmelten die Gläubigen Gebete, die ein Mönch innerhalb des Tempels vorsprach. Heinz verstand natürlich kein Wort, nicht nur der Sprache wegen, auch wegen der schlechten Qualität der Lautsprecherübertragung aus dem Tempelinneren. Er bezweifelte auch, dass die Menschen, die hier neben, vor und hinter ihm wie in Trance einherschritten, den Sinn der Worte verstanden. Aber das war wohl auch nicht notwendig. Es ging ihnen darum, ihre Verehrung für Buddha kund zu tun. Für die meisten von ihnen ist der Glaube eine von den Vorvätern übernommene Gefühlssache. Gutes tun – für sich und andere. Welche Wurzeln der Buddhismus hat und welchen Weg er nahm, ist ihnen nicht geläufig und auch nicht wichtig.

Ok Phansa, dem Fest am Ende der dreimonatigen Fastenzeit der Mönche, in der sie die Tempel nicht verlassen dürfen, galt diese traditionelle Zeremonie.

Nach der Tempelumrundung nahmen die Gläubigen auf bereitgestellten Plastikstühlen vor dem Tempel Platz und das Beten ging weiter. Heinz wollte von Julee wissen, worum es bei den Gebeten ging. Doch die legte nur den Zeigefinger auf den Mund und murmelte weiter.

Nach einer Stunde – Heinz pfiff die Lunge, und ihm taten von dem permanenten Wai die Arme weh – stand er auf, entfernte sich vom Tempel und steckte sich eine Pfeife an.

Er schaute hinüber auf den hell erleuchteten Tempel, die Schar der Gläubigen, die ihren Singsang fortsetzten, und ließ seinen Gedanken freien Lauf: Der Buddhismus ist mehr eine Lebensphilosophie als eine Religion. Der Spruch „Kalama Sutta" des Lord Gautham Buddha spricht dafür:

Glaube an nichts, nur weil du es gehört hast, glaube an nichts, nur weil es von vielen gesagt und gemunkelt wird, glaube an nichts, nur weil es in deinen religiösen Büchern geschrieben steht, glaube an nichts nur aufgrund der Autorität deiner Lehrer und Ältesten, glaube nicht an Traditionen, weil diese seit vielen Generationen weitergegeben werden.

Aber nach Beobachtung und Analyse, wenn du feststellst, dass es mit der Vernunft übereinstimmt und dem Wohl und Nutzen aller förderlich ist, dann akzeptiere es und lebe danach.

Erst wissen, dann glauben, das ist auch Heinz' Mantra. Er selbst als Atheist glaubt nicht an irgendeine höhere Macht, sondern nur an die Gesetze der Natur. Und das wird akzeptiert. Niemand wird zum Buddhismus bekehrt, nicht mit Überredung und schon gar nicht mit Zwang. Das hebt in seinen Augen den Buddhismus über andere Religionen.

Vom Tempel her hörte er immer noch den Singsang der Gebete, als Julee auf ihn zukam. „Die Blumen habe ich am Tempel niedergelegt. Nächsten Mittwoch bringe ich neununddreißig Eier zum Tempel!"

„Warum gerade neununddreißig?"

„Weil es eine gute Zahl ist."

Heinz verstand es nicht, aber er nickte. Er respektierte ihren Glauben und die damit verbundenen Kapriolen.

Jeden Abend, bevor sie sich zum Schlafen legte, richtete sie ihr Kopfkissen her, klappte die vier Ecken nach hinten (das ist mein privater Tempel), faltete die Hände zum Wai und betete auf dem Bett in kniender Stellung lautlos ein paar Minuten. Jeweils am Anfang und Ende beugte sie mehrmals Oberkörper und Kopf zum Kissen. Heinz konnte es zwar nicht überprüfen, aber sie beteuerte, dass ihre Gebete auch ihn einschlössen. Das säuselte sie ihm nach Abschluss der Prozedur ins Ohr, während sie sich eng an ihn schmiegte und ihre Hände über seinen Körper wanderten. Die Ecken des Kopfkissens hatte sie wieder gerade gerückt. Der Tempel war geschlossen, die Frau öffnete sich.

XVII.

Wenn Heinz aus dem Swimming-Pool kam, war er immer guter Laune. Vierzig Längen, zwanzig auf der Brust und zwanzig auf dem Rücken, macht fünfhundertzwanzig Meter – ganz passabel für einen Siebzigjährigen. Vor Behagen kratzte er sich den Handrücken und dachte: Ich habe wieder etwas für meine Gesundheit getan. Er cremte gerade seine Haut ein, als er draußen ein Bellen hörte. Er eilte hinaus und wunderte sich, dass Julee einen Hund ohne Halsband streichelte. Sie sprach mit ihm, und er tat so, als würde er sie verstehen: „Du bleibst jetzt bei uns. Hier wirst du gut versorgt." Etwas sauertöpfisch sah der Hund schon aus, mit seinen hängenden Ohren und dem hochgestellten Schwanz. Eben ein herrenloser Straßenhund.

Heinz hatte seine erste Erfahrung mit Haustieren seiner älteren Tochter Kathrin zu verdanken. Deren erstes Kätzchen war eine Ausländerin, eine russische Koschka. Es war während seines Russlandaufenthaltes. Er hatte die Koschka bei einer uralten Bauersfrau aus einem Wurf von insgesamt sechs heraussuchen dürfen. Der Frau gab er dafür eine lange, gut gereifte Salami aus Deutschland. Die Alte hätte ihn dafür gern geküsst, wenn ihre Größe und ihr Rücken das erlaubt hätten. Sie ging so gekrümmt, dass man immer dachte, sie suche etwas am Boden. Kathrin, damals sechs Jahre alt, nannte die Katze Scharik, und die durfte sich vier Jahre lang als Familienmitglied fühlen. Ihr Lieblingsplatz war zwischen Gardine und Fensterscheibe der Wohnzimmertür. Die Gardine hatte sie zu einer Art Hängematte umfunktioniert. Bevor Heinz nach Deutschland zurückkehrte, brachte er die nun erwachsene Katze der alten Frau zurück. Die guckte etwas erschrocken und sagte: „Die Salami habe ich aber nicht mehr."

Nun also ein Hund, zugelaufen, gratis, nur für ein paar Streicheleinheiten und ohne Salami. Sie nannten ihn Benno. Wieso? Kurz und einprägsam, und niemand von ihren Bekannten hieß Benno. Er ist eine über viele Generationen gewachsene Mischung aus Schäferhund und allem, das auf vier Beinen herumläuft und bellt. Das Schäferhündige überwiegt. An seinem Stammbaum hängen wohl alle denkbaren Hunderassen und an einem der dürren Zweige hängt der schon in die Jahre gekommene Benno.

Sein Schwanz stand immer nach oben, ein Erbe seiner degenerierten Vorfahren. Wenn Julee ihn mit „Hallo Benno" begrüßte, wedelte er mit dem Schwanz wie ein Metronom, das auf Zuruf reagiert. Sein Geruchssinn war phänomenal. Wenn am anderen Ende des Villages eine Schlange im Verborgenen zischelte, sprang er auf, rannte zu der Stelle, und bellte wie ein Jagdterrier, der ein Wildschwein aufgebracht hat. In gehörigem Abstand natürlich, denn Angst hatte auch er vor diesen ungeliebten Viechern. Dann nahm Heinz seinen Schlangenfänger (ein Stück Wasserrohr mit einer Schlinge am Ende) und rückte der Schlange zu Leibe. Töten war keine Option, aber über die Mauer ins Niemandsland schleudern – das war opportun.

Warum Benno, dieser gutmütige, alte Hund, gerade zu ihnen gekommen war, wussten sie nicht. Julee meinte, vielleicht sei er in seinem früheren Leben ihr Opa gewesen. Heinz glaubte nicht an diesen Mythos von Reinkarnation, aber bei Benno machte er eine Ausnahme. Joseph hatte zwar vor Straßenhunden gewarnt, aber als früheren Opa von Julee wollte Heinz Benno gern dulden. Nur auf die Veranda oder gar ins Haus durfte Benno nicht, und Julee akzeptierte das.

Er hatte seinen festen Platz am Fuße der Veranda. Julee hatte einen alten Vorleger ausgebreitet, den er immer erst ausgiebig beschnüffelte, bevor er sich niederließ. Dort schlief oder döste er gerne viele Stunden lang. Bei Regen spannte Julee einen großen Schirm auf, unter dem sich Benno wie ein Rollmops zusammenrollte. Wenn Julee und Heinz auf der Rückseite des Hauses zu tun hatten, folgte er ihnen, und wenn der Rasen oder die Hecken verschnitten wurden, tat er so, als wolle er helfen. Ja, anhänglich war er, aber auch eifersüchtig: kein anderer Hund durfte sich seinem Fressnapf nähern, sogar die Vögel, die sich gern daraus bedienten, verscheuchte er. Er roch sofort, wenn sich ein Fremder dem Grundstück näherte und schlug auf Hundeart Alarm.

Das Gartentor stand immer offen, so dass Benno kommen und gehen konnte, wann er wollte. Manchmal blieb er für Tage fern. „Er ist auf Brautschau", sagte Julee. Wahrscheinlich beließ er es nicht bei der Brautschau, sondern hatte mit der Braut noch einen Akt der amourösen Art im Sinn. Wer weiß das schon.

Manchmal kam Benno von Ausflügen dreckverschmiert zurück. Dann schloss Julee den Gartenschlauch an und wusch ihn gründlich mit Duschgel aus dem Supermarkt, was er gar nicht liebte. Vielleicht bevorzugte er Armani oder Versace? Aber darauf konnten sie keine Rücksicht nehmen.

Heinz kaufte für Benno ein Halsband und einen Sack Hundefutter. Viele der Straßenhunde ernährten sich von dem, das die Thais als Reste ihrer Malzeiten einfach auf die Straße warfen. Da hatte Benno es nun besser. Er war gewissermaßen in der Hierarchie der Hundegesellschaft eine Stufe höher gestiegen.

Im Umfeld der Soi 6 gab es wahrscheinlich mehrere Hundert Straßenhunde, in ganz Thailand wohl Millionen. Hin und wieder gab es behördliche Sterilisierungsaktionen, doch die Hunde schienen solch einem Eingriff in die persönliche Unversehrtheit geschickt auszuweichen.

Joseph hatte ihm erzählt, und oft hatte Heinz als Automobilist selbst erlebt, dass ein Straßenhund (verkehrswidrig!) mitten auf der Straße lag und sich sonnte oder schlief. Wenn der Hund nicht aufsprang und zur Seite auswich (was sie selten tun, sie sind ja die Herren der Straße), musste man anhalten, ihn zur Seite scheuchen oder versuchen, ihn irgendwie zu umkurven. Hunde werden zwar nicht – wie Kühe in Indien – als heilig verehrt, aber einen Hund überfahren – das wagt niemand. Es zählt zu den Grundprinzipien buddhistischen Verhaltens: Du sollst keinem Lebewesen das Leben nehmen! Moskitos und Spinnen werden offensichtlich nicht als Lebewesen betrachtet – die darf man töten.

Straßenhunde sind zäh, aber auch sie können krank werden oder sich verletzen. Wenn Benno ein Wehwehchen hatte, versorgte ihn Julee wie eine Krankenschwester ihren Patienten (es könnte ja ihr Opa sein). Dabei murmelte sie tröstende Worte, und Benno tat ihr zuliebe so, als würde er sie verstehen. Offene Wunden säuberte und verband sie, offensichtliches Unwohlsein behandelte sie mit Paracetamolpillen, die sie ihm – versteckt in einem Würstchen – einflößte.

Doch warum Benno plötzlich anhaltend den Kopf schüttelte, als wollte er etwas aus den Ohren herausschleudern, das gab Julee und Heinz Rätsel auf. Irgendwas war nicht in Ordnung mit seinen Ohren. Nach zehn Tagen wussten sie es: Benno hörte nichts mehr, er war vollständig taub und stellte das Ohrschütteln ein. Nun gab ihm Heinz Handzeichen, was aussah, als würde er ein Orchester dirigieren. Wenn er dem Orchester Piano verordnete, legte Benno sich hin, wenn Fortissimo, sprang er auf. An der Musikalität Bennos durfte man zweifeln, jedenfalls folgt er in gewissem Maße den Winken des Dirigenten. Wenn Heinz zum Swimming-Pool ging, spielte Benno den Bodyguard. Während Heinz seine Längen schwamm, umrundete Benno den Pool und verbellte sogar Vögel, die zu nahe kamen.

Dank Benno hatte Heinz ein neues Kapitel im Buch der thailändischen Tradition kennengelernt: Ein wilder, alter, tauber Hund fragwürdiger Abstammung – man muss ihn nicht lieben, aber man sorgt sich um ihn.

XVIII.

Der Prüfer des Verkehrsamtes in Cha Am legte das Bandmaß zwischen Hinterreifen und Bordsteinkante. Fünfzig Zentimeter! Viel zu viel! Julee stieg aus, ging um den Wagen herum und sah selbst, dass dieses Halten längs der Straße misslungen war. Durch diese Lücke kann ja noch ein Kamel traben. Der Prüfer lächelte freundlich (was Thais auch tun, wenn sie ärgerlich sind), hielt ihr das Prüfprotokoll vor die Nase und sagte: „Also dann, in zwei Wochen – nächster Versuch!"

Julee quälte die Frage, warum sie sich überhaupt dieser blöden Prüfung unterziehen musste. Nur, weil Heinz es verlangt? Ich kann doch Auto fahren! Schließlich bin ich wochenlang von Jomtien zu meiner Arbeitsstelle quer durchs Zentrum von Pattaya gefahren, ich bin mit dem kleinen Nissan March durch Bangkok gekurvt, und in Khon Kaen war ich sowieso oft auf Achse – alles ohne Führerschein!

Verkehrskontrollen gab es selten, und bei einer jungen Thai-Lady am Lenkrad konnte ja auch niemand etwas Illegales vermuten. Drogen oder Waffen würde *die* sicherlich nicht transportieren. Darauf hatte sich Julee jahrelang verlassen. Und mit Erfolg. Bis zu jenem Zwischenfall vor einem Jahr in Pattaya. Eine Strafe hatte es nicht gegeben. Bei einer jungen Frau, die schuldbewusst den Kopf senkt und ein paar Tränen herausdrückt, vergessen die thailändischen Polizisten gern mal ihren amtlichen Auftrag. Heinz hätte beim gleichen Vergehen mindestens tausend Baht abdrücken müssen. Wie auch immer, der Zündschlüssel war weg und Heinz musste ihn für fünfhundert Baht zurückholen. Ein Warnsignal!

„Durchgefallen!", rief Julee schon von weitem Heinz zu, der auf dem Parkplatz des Verkehrsamtes auf sie wartete.

Der verzog keine Miene, lächelte auch nicht (er war ja kein Thai). „Wieso?"

„Beim Halten längs der Straße – fünfzig Zentimeter Abstand zum Bordstein. Und beim Rückwärts-Einparken gab es auch Probleme."

„Und was nun?"

„In zwei Wochen – nächster Versuch."

Mit solchen Banalitäten wie: *Aus Enttäuschungen wachsen neue Hoffnungen*, oder *Übung adelt jedes Bemühen* trötete Heinz sie, als sie wieder zu Hause angekommen waren. „Wir üben das Halten und das Rückwärts-Einparken jeden Tag, bis zur nächsten Prüfung."

Für Julee war Autofahren eine Frage der Emanzipation. Seit der Verkehrskontrolle damals in Pattaya hatte Heinz sie nicht mehr ans Steuer gelassen. Doch jederzeit mobil zu sein war für sie eine Frage der persönlichen Freiheit, ein Zeichen der Ebenbürtigkeit. Heinz stand dieser Freiheit nicht im Wege, so sie durch das kleine amtliche Kärtchen legitimiert war. Insgeheim hatte er noch andere Motive. Schließlich war er nicht mehr der Jüngste, und auf langen Fahrten am Steuer abgelöst zu werden, war ihm mehr als recht. Eigentlich hätte sie das jetzt schon gekonnt, denn Anhalten und Rückwärts-Einparken waren bei langen Fahrten kaum von Bedeutung. Doch Heinz bestand stur auf dem kleinen Plastikkärtchen. So war er eben, ein Farang. Alles muss seine Ordnung haben. Die Ausgaben dürfen das Budget nicht überschreiten, der Gartenschlauch muss aufgerollt werden, die Hemden müssen gebügelt Ecke auf Kante im Schrank liegen, und zum Autofahren braucht man einen Führerschein.

Neben *Ordnung* war *Effizienz* eines seiner Lieblingsthemen. Wenn Julee einen Gartensalat anrichten wollte, und mit dem Motorbike (wofür sie auch keinen Führerschein hatte) zum Minimarkt fahren musste, weil sie kein Öl im Haus hatte, und dann ein zweites Mal hinfuhr, weil sie auch keine Zwiebeln hatte, dann nannte er das ineffizient. „Mach dir doch eine Liste, was du alles für den Gartensalat brauchst, und dann musst du nur einmal fahren, um alles zu besorgen."

„Liste, Liste – was ich brauche, merke ich erst wenn ich es brauche." Den Ausspruch *stupid Farang* verkniff sie sich.

Heinz seinerseits verkniff sich die Antwort, die gelautet hätte: Typisch Thai. Stattdessen sagte er zu sich selbst: Toleranz! Toleranz! Toleranz! – auch dann, wenn es schwer fällt.

Am nächsten Tag fuhren sie morgens, wenn die Hitze noch erträglich war, an eine wenig befahrene Stelle der Channel Road. Dort übernahm Julee das Lenkrad. Sie fuhr und hielt, fuhr und hielt …. Heinz rannte wie ein Sklave neben der Sänfte seines Herrn zusammen mit Benno und einem Maßband auf dem Fußweg nebenher. Nach jedem Halt maß er den Abstand zum Bordstein. Wie ein Preisrichter beim Schaulaufen zeigte er den jeweiligen Wert auf einem kleinen Schild an. Fraglich war, wer mehr schwitzte: Julee hinter dem Lenkrad oder Heinz bei seinem Rennen, Bücken, Rennen, … oder Benno, der sich zu fragen schien, was hier vorgeht.

Das Ziel war: nicht unter fünfundzwanzig Zentimeter und nicht über fünfunddreißig. So war nun mal die Regel, auch wenn das im Chaos des thailändischen Verkehrs absurd erschien.

Nach zwei Stunden wischte sich Heinz den Schweiß von der Stirn und meinte: „Morgen ist auch noch ein Tag."

Am nächsten Tag, Heinz hatte mächtigen Muskelkater in den Beinen, war die Bilanz besser, und am dritten Tag konnte man von Zufall sprechen, wenn es mal nicht klappte. Rückwärts-Einparken übten sie auf der Straße in ihrem Village. Sie stellten leere Pappkartons auf, zwischen die sich Julee einfädeln musste. Das klappte schon am zweiten Tag, ohne dass die Kartons Beulen bekamen.

Zuversichtlich fuhren sie nach zwei Wochen wieder zum Verkehrsamt nach Cha Am. Heinz fragte unterwegs, ob er etwa mit ein paar Scheinchen nachhelfen sollte. Julee war entrüstet: „Glaubst du etwa, dass ich es ohne Bestechung nicht schaffe?"

Nach einer Stunde, Heinz hielt noch die Daumen, kam sie mit hoch erhobener Hand, in der die kleine Plastikkarte in der Sonne glänzte, auf ihn zu. Sie setzte sich wie selbstverständlich hinters Lenkrad. „Geschafft! Ab heute bist du Beifahrer."

XIX.

„Du fährst bis Bangkok, dann übernehme ich"

Julees Worte klangen nach Befehl, nicht nach Wunsch. Um sechs Uhr früh schloss sie das Haus ab, aktivierte die Alarmanlage und öffnete das Tor des Carports. Sie hatte für die lange Fahrt nach Nam Phong ein luftiges Reisekleid gewählt und ihre Haare zu einem Dutt gebunden. Hübsch sah sie aus und strahlte voller Vorfreude, wie ein Kind zu Weihnachten vor der Bescherung. Die Bescherung war, dass Heinz sich endlich hatte überreden lassen, mit ihr zusammen das Dorf ihrer Kindheit zu besuchen. Und natürlich – das war die Hauptsache – ihren Papa, der noch immer allein dort in dem alten primitiven Holzhaus wohnte.

Heinz hob die rechte Hand mit geschlossenen Fingern an die nicht vorhandene Mütze und sagte: „Aye, aye madame." Dann stieg er ins Auto und heftete den handgeschriebenen Reiseplan an die Konsole. Dort stand, was sie erwartete: Knapp siebenhundert Kilometer, über Bangkok, Saraburi und Nakhon Rachasima bis nach Khon Kaen, und dann noch über kleine Landstraßen vierzig Kilometer nach Nam Phong. Wenn alles nach Plan geht, müssten sie kurz vor Eintritt der Dunkelheit ankommen.

Bis Samut Sakhon ging alles nach Plan. Dort, an der Dauerbaustelle auf dem Highway 35, stockte der Verkehr. Männer mit nacktem Oberkörper, wahrscheinlich Wanderarbeiter aus Myanmar, wühlten die rote Erde auf. Dieses Nadelöhr soll sechsspurig ausgebaut werden, die Rede war sogar von einer Hochstraße. Doch die Rede ist von vielem – realisiert wird nur ein Bruchteil. Auch ein Plan der Regierung: Thailand entwickelt binnen sieben Jahren ein eigenes Raumschiff, oder Thailand baut eine Brücke über den Golf von

Bangkok ... Phantastische Pläne, die eigentlich schon tot sind, bevor sie verkündet werden.

Vorläufig und bis auf weiteres rollte der Verkehr auf dem Highway 35 eben im Schritttempo quer durch die Baustelle oder an der Seite auf lehmigen Boden vorbei. Warum nennt man die Männer eigentlich Wanderarbeiter. Klingt Gastarbeiter zu freundlich?

„Fahr doch links auf die Parallelstraße! Dort geht es viel schneller voran." Julee liebte es, Heinz taktische Hinweise für das Verhalten auf Thailands Straßen zu geben. Hinweise wie: Pass auf, da vorn, der auf dem Motorbike, der ist wahrscheinlich betrunken. Oder: Nicht überholen, Gegenverkehr! Oder einfach: Fahr' nicht so schnell!

Heinz schüttelte den Kopf und fragte: „Willst du fahren?"

Julee sank beleidigt in ihren Sitz zurück und lehnte den Kopf an die Seitenscheibe. „Ich weiß schon, du fährst schon viel länger Auto als ich. ABER NICHT IN THAILAND!"

Dem folgte eine längere Pause, was Heinz ganz recht war.

Am Abzweig auf den Highway 9 konstatierte er mit einem Blick auf seinen Reiseplan: „Schon zwanzig Minuten Zeitverzug, wie wollen wir in Dunkelheit dieses Nest Nam Phong finden?"

„Lass mich nur machen!"

Nachdem sie das Weichbild von Bangkok verlassen hatten, ging es zügiger voran. Julee gab keine Kommentare mehr zu Heinz' Fahrweise, sondern tat, als würde sie schlafen. Heinz rutschte schon geraume Zeit auf seinem Sitz hin und her. Julee wusste, was das heißt. „Dir pfeift die Lunge?", fragte sie kurz vor einem Rastplatz. Diese vier Worte kannte sie sogar auf Deutsch, weil er sie so oft in seiner Muttersprache sagte. Mit noch geschlossenen Augen sagte sie: „Okay, machen wir eine Pause."

Im Auto war Rauchen natürlich verboten. Heinz hatte dafür volles Verständnis. Allerdings rauchte er – wenn Julee nicht dabei war – hin und wieder doch im Auto, natürlich bei offenem Seitenfenster. Doch Julee hatte eine feine Nase. Selbst Tage später noch roch sie das Vergehen.

Auf dem Rastplatz schlug ihnen eine Welle heißer Luft entgegen. Es war zwar noch Vormittag, aber die Sonne stand schon hoch, und schattige Parkplätze waren kaum zu finden. Männer standen, im Mund eine Zigarette, neben ihren Autos und schüttelten die Waden als würden sie Twist tanzen. Auf der Ladefläche eines Pickup hatte sich eine Familie zum Picknick niedergelassen. Eine Oma wickelte auf der Wiese ein Baby. Julee ging zum WC, wohin verschwitzte Mütter mit ihren Kindern in Scharen rannten, und Heinz steckte sich eine Pfeife an.

Nachdem sie von ihrem mitgenommenen Proviant ein Sandwich verschlungen und eine Flasche Wasser getrunken hatten, und Heinz eine zweite Pfeife gepafft hatte, setzte sich Julee ans Steuer und sagte: „Jetzt bin ich dran."

Heinz war es recht und seinem Hintern auch. Als Beifahrer konnte er eine bequeme Stellung einnehmen und konnte ein Auge auf die vorbeiziehende Landschaft werfen. Felder mit niedrig stehendem Reis und Zuckerrohr wechselten sich ab mit Wäldern von Kokospalmen. An manchen Stellen waren neben der Straße Pyramiden von Kokosnüssen aufgeschichtet, wie die Pyramiden von Gizeh, nur kleiner und ohne Mumien. „Die Kokosnüsse werden nicht von Menschen geerntet, sondern von abgerichteten Makaken", sagte Julee, die sonst kein Auge von der Straße nahm. Einmal konnte Heinz sehen, wie ein Affe geschwind am Stamm einer Palme nach oben kletterte, an einer großen Kokosnuss drehte und diese dem Mann am Boden vor die Füße fiel. Julee behauptete, die Affen könnten sogar von Palme zu Palme springen, um sich das ständige Auf und Ab zu sparen.

Als Heinz kurz hinter Nakhon Rachasima gerade im Begriff war einzuschlummern, gab es einen lauten Knall. Das Auto begann zu schlingern und Julee hatte Mühe gegenzusteuern. Nachdem sie den Wagen zum Stehen gebracht hatte (dreißig Zentimeter vom Nebenstreifen) und sie ausgestiegen waren, sahen sie die Bescherung: Der linke Hinterreifen war platt.

„Schöne Sch...", sagte Heinz auf Deutsch. Er schlug mit der Schuhspitze gegen den kaputten Reifen, was weder seine Wut linderte noch zu irgendeiner Reaktion des Reifens führte. Ratlos sahen sie sich um. In der Nähe stand eine einsame Hütte, die so aussah, als wäre sie bewohnt. Kurz darauf trat ein alter Mann am Stock gehend aus der Hütte und kam mit dem freien Arm winkend auf sie zu. Er hatte – was man bei Thais selten sieht – volles weißes Haar und ein braun gebranntes, runzliges Gesicht, wie von Rost überzogen. Seine Hose sah aus, als wäre sie schon beim Bau der River-Kwai-Brücke dabei gewesen. Er besah sich den Schaden und sagte nur: "Öh, öh.", das auf Isaan so viel wie „Ja, ja" heißt. Julee stand daneben, verschränkte die Arme über der Brust und sagte auch: „Öh, öh".

Der alte Mann fuhr sich über den grauen Schädel und sagte an Julee gerichtet auf Isaan, dass er seinen Sohn Somjot holen werde, der könne helfen, der könne einfach alles, sogar die Hufe ihres Pferdes beschlagen. Für den sei ein platter Reifen kein Problem (hoffentlich beschlägt er unseren Reifen nicht mit Hufeisen!).

Doch er musste Somjot nicht rufen, der kam von selbst angerannt. Er machte den Wai, stellte sich vor und sah sich den Schaden an. „Öh, öh, kein Problem!" Heinz solle bitte zur Seite treten. Dann öffnete er den Kofferraum, nahm das Reserverad und Werkzeug heraus und machte sich an die Arbeit. Um nicht völlig untätig herumzustehen, versuchte Heinz, ihm zur Hand zu gehen, und Julee reichte die Werkzeuge. Nach einer Viertelstunde stand der Wagen wieder auf vier intakten Rädern.

Der alte Mann klopfte mit seinem Stock an das ausgewechselte Rad und sagte: „Öh, öh!" Dann zeigte er mit dem Stock auf die Hütte. „Hände waschen", sagte er auf Isaan zu Julee, und es klang wie ein Befehl. Die Frau des Alten stand schon – mit den Händen zum Wai gefaltet – in der Tür und an ihrem Rockzipfel hingen drei kleine Kinder, zwei Mädchen und ein Junge; sie mochten zwischen sechs und zehn Jahren sein. „Meine drei Enkel", sagte der Alte stolz und drängte die beiden Fremden ins Haus. Als die beiden vom Händewaschen zurückkamen, hatte die Frau schon den Tisch mit einer sauberen Tischdecke und acht Tellern gedeckt und einen knöchellangen Rock mit einem folkloristischen Muster angezogen, der aussah wie eine um die Hüfte gewickelte Gardine. In der Mitte des Tisches stand eine große Schüssel mit dampfender Suppe.

Heinz flüsterte Julee zu: „Wir müssen weiter, sonst schaffen wir es nicht."

„Wir können diese Einladung unmöglich ausschlagen. Für Thais wäre das eine Beleidigung", flüsterte Julee zurück.

Also setzten sie sich, der Alte an die Kopfseite des Tisches, der erwachsene Sohn gegenüber, die Oma mit den drei Kindern, die sich ängstlich an sie drängten, an die Längsseite und Julee und Heinz gegenüber. Die Kinder schauten mit gesenkten Köpfen auf ihre Suppenteller; ab und zu riskierten sie einen scheuen Blick zu Heinz und tuschelten etwas untereinander. Sie hatten im Fernsehen schon Farang gesehen, aber in Natura noch nie. Er schien ihnen ein Wesen von einem anderen Stern zu sein. Wie der lächelt! Zieht seinen breiten Mundes bis an die Ohren. Und wie der rumläuft! Mit kurzen Hosen, dass man die nackten Beine sieht. Sprechen kann er auch nicht richtig. Und Oma muss die Chilischoten aus seiner Suppe fischen. Angeblich können Farang davon sterben. Komischer Mann! Plötzlich hielt Min, die älteste der drei Enkel, beim Löffeln der Suppe inne und sagte mit Blick auf Julee: „Ich gehe schon in die vierte Klasse." Julee darauf: „Da kannst du wohl schon Lesen und Schreiben?"

„Ja", antwortete Min, „und das werde ich nächstes Jahr Oma und Opa beibringen." Mit leicht errötetem Gesicht löffelte sie ihre Suppe weiter.

Die Oma war peinlich berührt und wollte schnell das Thema wechseln. Mit dem Löffel in der Hand, begann sie auf Isaan zu erzählen, dass ihre Tochter nicht hier sei, weil sie einen Job in einer Bar in Pattaya habe. Dort verdiene sie sehr gut und schicke ihnen jeden Monat Geld. Ab und zu komme sie zu Besuch. Sie sehe hübsch aus und habe teure Klamotten. Na ja, die Haare hätte sie nicht färben müssen und die Fingernägel nicht lackieren.

Julee und Heinz nickten. Sie wussten Bescheid.

Zum Abschied klopfte der Opa Heinz auf die Schulter. „Wenn ich noch eine Weile lebe, dann besuche ich dich mal in deinem Deutschland. Wie lange fährt man dorthin?" Die Antwort wollte er gar nicht hören (Heinz hatte eh nichts verstanden), sondern sagte nur noch: „Öh, öh."

„Soll ich ihnen zum Dank etwas Geld geben?", flüstere Heinz Julee zu.

„Besser nicht, es könnte sie beleidigen."

Aber Heinz drückte den drei Kindern beim Gehen jeweils hundert Baht in die Hand. Sie versteckten den Schein rasch in ihren kleinen Händen und fanden diesen Farang nun nicht mehr so komisch.

Freundlichen Menschen, dachte Heinz. Politik, Umweltschutz, Meinungsfreiheit und antiautoritäre Erziehung - alles Fremdworte. Aber sie können Pferde beschlagen und Reifen wechseln. Und mit Fremden ihre Suppe teilen.

Wieder im Auto richtete sich Heinz auf dem Beifahrersitz gemütlich ein. „Warst du schon mal in Deutschland?"

„Ja, einmal. In Hamburg und in Heide, wo meine Mutter lebt."

„Und woran erinnerst du dich?"

„An Rechtsverkehr und dass die Leute es immer eilig haben."

„Das ist alles?"

„Und, dass sie alle Deutsch sprechen, die meisten jedenfalls... Frag mich nicht weiter aus, ich muss mich auf den Verkehr konzentrieren."

Heinz kuschelte sich in den Beifahrersitz und dachte an Deutschland: Eilige Leute im Rechtsverkehr, die Deutsch reden. Dann schlief er ein und träumte von dem Alten in der Hütte, der plötzlich deutsch reden konnte. Das sogenannte Abendland, das heiße so, weil sich ihre parlamentarischen Demokratien dem Abend zuneigen. Die Amerikaner nehmen dieses Abendland unter ihre Fuchtel, weil sie um ihre Rolle als Supermacht fürchten und verhindern wollen, dass andere sich dort breit machen. Russen oder Chinesen. Die Zeit läuft, und im Abendland wird es langsam Nacht. Nachtland! „Ich glaube, wir haben den Anschluss verpasst." Julee bremste scharf und Heinz rutschte in die Gurte. Inzwischen war es stockdunkel im Siamland.

„Ja, wir haben die Ausfahrt verpasst. Wir müssen zurück. In der Dunkelheit sieht alles ganz anders aus."

Julees Sehnsucht nach *Zuhause* war mit jedem Kilometer größer geworden. Ihre Sitzlehne hatte sie senkrecht gestellt, und auf ihrer Oberlippe hingen kleine Schweißperlen. So einfach ist es eben nicht, seine Kindheit wiederzufinden. Nicht mal für Julee, die oft davon spricht: Mein Dorf, mein Haus, mein Papa, mein Hund, … Doch die Wege der Erinnerung sind verschlungen. Manchmal denkt man an etwas zurück, das es gar nicht gibt. Und Wege, die man zu kennen glaubt, laufen in die Irre.

An einer Tankstelle mussten sie erst den Tankwart wecken, der mit dem Kinn auf der Brust und einer Zeitung auf dem Schoß schlief. Der Tankwart bot ihnen einen Kaffee an und trank selbst einen, was seine Lebensgeister weckte. „Nam Phong?" Er kratzte sich am Kopf, brannte sich eine Zigarette an und zeigte in die Richtung, aus der sie gerade gekommen waren. Bis zur Ampel und dann rechts, nein, links. Dabei wedelte er mit dem Arm nach rechts. Also doch rechts, und an der nächsten Kreuzung links. Es klang fragwürdig, aber es stimmte. Julee erkannte die Schule und den Tempel, und dann sahen sie auch schon Papa, der auf der Straße stand und mit der Taschenlampe Zeichen gab. Er wedelte mit den Armen, als müsste er einer Panzerkolonne die Richtung zur Front weisen. Julee fuhr eine letzte Kurve, stellte den Motor ab und wischte sich den Schweiß von der Stirn. Geschafft!

Das Abendessen stand schon bereit. Papa hatte Suppe gekocht, nur aus eigenen Zutaten, wie er stolz verkündete. Eine breite Matratze hatte er auch besorgt. Julee und Heinz schliefen im selben Raum wie Papa. Es gab ja nur einen Raum.

Die Unterhaltung zwischen den beiden Männern gestaltete sich schwierig. Papa konnte kein Englisch und Heinz kein Thai, und schon gar keine Ahnung hatte er von der Sprache, die hier im Isaan gesprochen wurde. Trotzdem war der Rundgang mit Papa durch das Grundstück interessant. Wenn man Bilder vor Augen hat, kann man mit den Händen vieles erklären. Man muss das Wort für Mango nicht kennen, wenn man einen Baum und die schweren gelben Früchte sieht. Zum Teil gab es angelegte Beete mit Tomaten, Chili, Ginseng, Auberginen, Zitronengras, Basilikum, Grünkohl, Spinat, Zwiebeln, Koriander und Süßkartoffeln, zum Teil auch wucherndes Gestrüpp. In einer europäischen Stadt würde man auf ein Grundstück dieser Größe zehn Einfamilienhäuser bauen, oder eine Wohnanlage für fünfzig Familien. Hier gab es nur ein Haus. Ein Haus – typisch für diese Gegend. Auf Stelzen gebaut, mit Wänden aus Brettern, die noch genügend Luft durchlassen, dass man es auch bei Hitze aushalten kann. Oben drauf ein Blechdach, mit Steinen beschwert. In der unteren Etage ein Loch als Toilette und Wasser aus dem Trog. Wasser, von dem Julee immer Hautausschlag bekam. Heinz hatte vier Jahre in Russland gelebt. Er kannte den rustikalen Charme eines Lebens weit ab von der Zivilisation. Doch er wusste auch: Zivilisation hängt von den Menschen ab, nicht von den Dingen.

Wäre er bereit, auf Dauer hier zu leben? Um ehrlich zu sein: Nein. Die Annehmlichkeiten seines gut ausgepolsterten Lebens hatten ihn korrumpiert, eingeschlossen in einen Kokon der Bequemlichkeit. Ist das, was wir Zivilisation nennen, fragte er sich, vielleicht schon Dekadenz? Kräftig biss er in die Mangofrucht, die Julee ihm geschält hatte.

Am nächsten Tag besuchten Julee und Heinz den Tempel des Dorfes und legten Blumen an der Urne der Oma nieder (in Thailand werden alle Toten kremiert). In diesem Tempel hatte Julee ihren Aufenthalt als Laienanhängerin absolviert. In einen weißen, langen Umhang gehüllt hatte sie sieben Tage im Tempel gearbeitet, ohne ihn verlassen zu dürfen. Strenge Regeln bestimmten den Tagesablauf. Julee erzählte, während Heinz sich interessiert umsah. Geschlafen wurde auf einer Bastmatte am Boden. Um vier Uhr früh wurde geweckt. Nach der Morgentoilette versammelten sich alle zum Beten. Nach dem Frühstück gegen acht Uhr und einer Stunde Freizeit begann das Reinigen der weitläufigen Tempelanlage. Von drei Uhr nachmittags bis neun Uhr abends wurde wieder gebetet, und danach ging man schlafen.

Eine Gruppe Mönche in ihren gelb-orangen Umhängen, zum Teil junge Männer von kaum zwanzig Jahren, kam barfuß vorbei, und brachte die Opfergaben der Besucher zum Altar. Langsamkeit schien hier Gesetz zu sein. Solch ein Leben, abgeschieden von der Welt, war für Heinz unvorstellbar. Und nie dürfen die Mönche eine Frau berühren, und kein weibliches Wesen darf sie je berühren.

Der Dorfvorsteher, den Julee und Heinz zufällig auf der Straße trafen, ein draller Kerl mit einem Gesicht wie aus Stein gemeißelt, abstehenden Ohren und einer zerfurchten Stirn, ein Pykniker wie er im Buche steht, sprach davon, dass Wasserleitungen im Dorf verlegt würden, damit jedes Haus sauberes Wasser bekommt.

Papa schüttelte nur den Kopf, als Julee ihm davon erzählte. „Davon sprechen sie schon seit Jahren. Und was geschieht: Nichts."

Heinz gab einen Spruch Kästners zum Besten: „Es gibt nichts Gutes, außer man tut es."

Julee rümpfte die Stirn. „Aber wenn er was Gutes tun will, dann ist das doch auch gut".

„Gut ist es erst dann, wenn Wasser fließt. Allein vom Wollen fließt kein Tropfen in Papas Haus."

Julee dachte über Kästner und seinen Spruch nach. Wer ist das überhaupt – Kästner?

Papa schlief schon unter seinem Gazezelt, als Julee und Heinz sich auf die Matratze warfen. Leise – genau wie ihre Oma immer – begann Julee das Reismärchen zu erzählen:

> *Großvater Sangkasa und Großmutter Ya Sangkasi, (die ersten Menschen des Isaan) wurden von einem Engel gefragt, welche Art von Reis sie haben möchten, kleine oder große Körner. Wenn es große sind, müssen sie geöffnet und zerschnitten werden, um sie essen zu können, aber es ist viel Reis darin. Aber wenn die Körner klein sind, muss man sie nicht zerschneiden, sondern einfach zerstoßen und die Schalen entfernen, um sie zu essen. Die beiden entschieden, dass es schwierig wäre, große Körner zu verwenden und sie dann durchzuschneiden. Deshalb hat der Reis, den wir heute essen, kleine Körner."*

„Schläfst du schon?"

„Nein, ich denke an die kleinen Reiskörner und an die großen Mäuler, die immer alles versprechen aber nichts tun. Und an die Mönche, die früh um vier aufstehen müssen. Gute Nacht."

Papa und Heinz verstanden sich ausgezeichnet, obwohl sie kein Wort miteinander sprechen konnten. Das heißt, sie sprachen schon, aber in verschiedenen Sprachen. Heinz half bei der Ausbesserung einiger Schäden am Haus, und er lernte, wie man das a la Thai macht: mit einfachen Mitteln aber wirkungsvoll. Wenn kein passender Nagel da war, wurde ein alter zurechtgebogen, entrostet und zack – saß er. Alte Bretter lagen von dem Teilabriss des früheren Hauses genügend herum. Nach getaner Arbeit gab's als Belohnung einen eisgekühlten Mangosaft.

Am letzten Abend – sie hatten nur fünf Tage für den Besuch geplant – saßen sie um ein Holzkohlenfeuer und genossen, was Julee für ein ordentliches Barbecue besorgt hatte: Krebse, Garnelen, kleinere Fische und Hühnerschenkel. Gemüse und Kräuter kamen natürlich aus dem eigenen Garten. Die Nachbarn und ein Onkel mit Familie waren auch gekommen. Heinz saß dabei, rauchte ununterbrochen Pfeife, verstand nichts von dem lebhaften Geschwätz. Auch wenn er zu der fröhlichen Feier nichts beitragen konnte, stören wollte er sie keineswegs. Er lachte mit, wenn die anderen lachten und dachte an die morgige Heimfahrt. Öh, öh.

XX.

Am 23. Dezember holte er den länglichen Karton aus dem Storage-Room. Er musste eine Leiter benutzen, der Karton steckte ganz oben, ein Jahr lang nicht hervorgeholt. Einen Meter lang und kaum fünfzehn mal fünfzehn Zentimeter im Querschnitt. Der Duft, der ihm entgegen schlug, war nicht Nadelwald, sondern Chemie. Irgendein Plastikgemisch. Was er herauszog sah aus wie ein arg lädierter Regenschirm. Erst wenn man die Zweige zur Seite bog, sah man, was dieses Monstrum darstellen sollte: einen Weihnachtsbaum. Heinz befestigte ihn auf der Brüstung der Veranda und bog alle Zweige in seitliche Richtung. Dann steckte er sich eine Pfeife an und betrachtete ihn von allen Seiten. Ebenmäßig war er schon gewachsen. Nein, leider nicht gewachsen, sondern von einer speziellen Maschine gepresst, wie auch Gartenharken, Plastikstühle oder Plastikschüsseln.

Julee behängte den Baum mit selbstgebasteltem Christbaumschmuck und befestigte die Lichterkette. Vorher hatte sie sich mit Backen von Plätzchen versucht. Das ging schief, aber schon für den Versuch war Heinz ihr dankbar. Sie wusste natürlich, was Weihnachten für ihn bedeutet, und sie tat alles, um aus den kommenden Tagen ein Fest zu machen. Sie putze sogar die Räume (auf Thai-Art) und stellte Kerzen bereit.

Tannen und Fichten wachsen nicht in Thailand, man müsste sie importieren. Zu teuer. Aber vielleicht gibt es reiche Farang die das tun. Sie setzen einen echten Weihnachtsbaum auf die Terrasse, singen *O Tannenbaum, O Tannenbaum,* und im Hintergrund rauscht das Meer und bei dreißig Grad plus wedeln die Palmen und Bambusstauden mit den Zweigen. Kommt da Weihnachtsstimmung auf? Mit dem

Stern des Südens statt des Großen Wagens am Firmament? Man müsste Weihnachtsstimmung importieren können. Aber das geht leider nicht.

Am nächsten Tag, dem Heiligen Abend, fuhr Heinz am Morgen in die Stadt. Vor dem „Market Village" stand ein riesiger Baum, bunt geschmückt und weiß, wie von Schnee berieselt. Schon an der regelmäßigen Kegelform erkannte man, dass auch dieser Baum aus Plastik war. Und der Schnee war natürlich aus der Sprühdose. Von drinnen klang immer wieder *Jingle Bells, Rudolph, the red ...* und *I'm dreaming of a white Christmas* in abwechselnder Reihenfolge. Die Verkäuferinnen trugen rote Mützen mit weißem Flauschrand oder im Haar Spangen mit kleinen Engeln. Zwischen den Verkaufsständen – Plastikbäume, dicht behangen mit Glaskugeln in Rot, Grün, Blau, Silber, Gold, ... alle Farben an einem Baum. Außerdem bestäubt mit Schnee aus der Spraydose. Von überall sprang ihm „Happy Christmas" von Transparenten und Leuchttafeln ins Auge. Und immer wieder *I'm dreaming of a white Christmas.* Ich auch, dachte Heinz, ging wieder hinaus aus diesem aufdringlichen Weihnachtsgehabe, setzte sich auf eine Bank, steckte sich eine Pfeife an und begann tatsächlich *of a white Christmas* zu träumen. Er sah sich über den Erlanger Weihnachtsmarkt schlendern. Klein aber fein. Dicht drängen sich die Buden aneinander. Auf den Dächern eine Haube von (echtem) Schnee. Links in der Ecke ein Stand mit Weihnachtsbäumen für diejenigen, die bis zum letzten Moment gewartet hatten. In der Mitte des Marktes ein stattlicher (echter!) Baum und davor eine kleine Bühne für das Blasorchester. *Oh du fröhliche ...* , *Stille Nacht...* , , *O Tannenbaum ...* . Die Musiker haben gestrickte Fingerhandschuhe an, die die Fingerspitzen frei lassen. Und der Duft! Geröstete Maronen, gebratene

Würstchen, Glühwein, Backwerk, … In der Schlange vor einem Stand entdeckt er seinen Freund Balder mit seiner Frau Sibylle. Einen Glühwein? Ja, frohe Weihnachten, frohe Weihnachten! Sie wärmen sich die Hände an den Gläsern und stampfen mit den Füßen im Schnee …

Heinz schrak auf, als sich ein anderer Farang zu ihm auf die Bank setzte. „Frohe Weihnachten!", murmelte Heinz. Der Mann sah sich um: Menschen in Shorts und T-Shirt eilten aus der Hitze in den Schatten, die Palmen entlang der Phetkasem Road wedelten mit den Zweigen im Wind, der lau vom Meer her wehte. Der Mann steckte sich eine Zigarette an und entgegnete zwischen zwei Zügen: „Frohe Pseudo-Weihnachten! Naja, wenn du alles haben willst, merkst du, dass es Grenzen gibt. Ich geh jetzt zum Strand und schwimme meine Runden."

Am Abend saßen sie, Julee und Heinz, zusammen auf der Terrasse. Julee hatte alle Kerzen angezündet und ein köstliches Festmahl zubereitet: Schweinebraten mit Kartoffelpüree und Brokkoli. Als Nachtisch Lebkuchenparfait mit Gewürzorangen. In Deutschland war es noch früher Nachmittag. Heinz steckte sich nach dem Hauptgang eine Pfeife an und dachte an das Weihnachten seiner Kindheit. Um diese Zeit warteten er und seine Schwestern noch gespannt wie Schüler vor der Zeugnisausgabe in der Küche, während der Vater im Wohnzimmer die Bescherung vorbereitete. Die Minuten dehnten sich zu Stunden. Als dann der Vater mit einer Zigarre im Mund endlich in die Küche trat, war es soweit. Mutter und Kinder durften in das Zimmer mit der festlich geschmückten Tafel, auf der alle Geschenke und Leckereien aufgebaut waren. Wie lange ist das her? An die sechzig Jahre, ein ganzes Leben. Unvergessliche Bilder, die jetzt im Rauch von Heinz' Pfeife verschwanden.

Weihnachten in Deutschland – Bilder und Gerüche, die nie aus seinem Gedächtnis schwinden werden. Auch der Winter mit Eis und Schnee und unpassierbaren Wegen, und der Herbst mit seinen bunten Wäldern, und der Frühling mit den blühenden Obstbäumen. Sein Gedächtnis schlug Haken und streifte alle Jahreszeiten. Was war das für ein Gefühl, das da hochkam? Heimweh?

Keine Sentimentalitäten! Es gibt Momente im Leben, da fällt man auf sich selber rein. Alles vegetativ!

Hat es dir geschmeckt? Heinz legte den Löffel auf den Dessertteller. „Vorzüglich!"

„Bist du traurig wegen Weihnachten?"

„Ja, aber man kann nicht alles haben."

XXI.

„Da will ich mal hin!"

Julee zeigte mit dem Finger auf ihr Smartphone. Heinz musste die Brille aufsetzen, um die winzige Darstellung erkennen zu können. Er sah nur Wasser.

„Das ist das Ruknam-Resort bei Kanchanaburi – komplett auf einen See gebaut. Ein riesiger See, der Sinakarin-Stausee, und auf Flössen stehen die Hütten. Alles schwimmt."

Joseph war schon dort gewesen und hatte von dem Resort geschwärmt. Wenn für euch Seekrankheit kein Thema ist, dann ist es ein Erlebnis.

Als Kanchanaburi näher rückte, begann der Regen. Erst tröpfchenweise und dann wie aus Eimern. Die Scheibenwischer schafften es kaum. Als sie am Ruknam-Resort ankamen, stand alles unter Wasser, sogar das Rezeptionsgebäude schien zu schwimmen, das eigentlich auf festem Grund gebaut war. Ein tropischer Platzregen durchnässte sie auf den paar Schritten vom Auto zum Gebäude bis auf die Haut.

„Keine Panik", sagte die Rezeptionstante, „in zehn Minuten ist alles vorbei. Sie sind angemeldet?"

„Ja, für eine Woche, vorausgesetzt, der Regen ist wirklich nur ein Husch."

Tatsächlich war nach kurzer Zeit der Regenguss vorbei, und die Sonne strahlte von einem stahlblauen Himmel auf die pittoreske Budenwelt herab. Die einzelnen Hütten schaukelten leicht gegeneinander, und man sah sich an Fischerboote in einem Hafen erinnert. Die Menschen auf den Stegen dazwischen liefen breitbeinig wie Matrosen bei leichter See.

„Sie haben Floss Nummer Achtundzwanzig." Die Rezeptionstante reichte Heinz einen Schlüssel, der an einem Brettchen in Tellergröße hing. Wahrscheinlich, damit er nicht untergehen kann, falls er ins Wasser fällt. Auf Floß 28 stand eine größere Hütte mit Wohn- und Schlafzimmer und eine kleinere, in der sich Bad und WC befanden. Zwischen beiden Hütten eine kleine Veranda mit Sitzgelegenheiten. Alles schwankte merklich. Man kam sich vor wie ein Matrose bei leichter See. Alle Flöße waren untereinander und mit dem Festland durch ebenfalls schwimmende Stege verbunden. Auch das Restaurant, ein größerer Bau, stand auf einem Floß.

Nach dem Auspacken steckte sich Heinz auf der Veranda eine Pfeife an, setzte sich in einen Korbsessel und hielt sich mit beiden Händen an den Armlehnen fest. „Ein Hotel bei leichtem, aber permanentem Erdbeben. Hoffentlich können wir schlafen bei dieser Schaukelei."

„Vielleicht sogar besser."

„Aber nur, wenn kein Sturm aufkommt."

Zum Dinner gingen sie auf dem schwankenden Steg zum Restaurant, das auf Grund seiner Größe nur unmerklich auf und nieder wankte. Vor dem Betreten zogen alle Thais ihre Schuhe aus. Heinz protestierte: „Wenn ich einen Tempel betrete, dann ist das angemessen, aber hier in einem Restaurant bin ich Gast. Ich ziehe meine Schuhe nicht aus!" Julee schüttelte nur den Kopf – Farang! Und wie zur Entschuldigung sagte Heinz: „Alles genetisch bedingt." Letztendlich zeigen die Schuhe nur, wie wenig Freiheit uns die Gene lassen. Sie suchten einen Tisch mit ebenfalls beschuhten Gästen – fanden aber keinen. Also setzten sie sich an einen freien Tisch, der nicht genbelastet war. Es gab Pad Thai, und trotz seiner Schuhe wurde Heinz' Wunsch – not spicy – prompt erfüllt.

Am nächsten Morgen kam Wind auf, nicht so stark, dass man ihn hätte Sturm nennen können. Aber die Hütte schwankte, dass es ihnen im Bauch mulmig wurde, und wäre die Hütte nicht per Eisenketten mit dem Steg und den anderen Flößen verbunden gewesen, wäre sie wahrscheinlich auf den See hinausgeschwommen. Julee war schon mehrmals mit vor den Mund gehaltener Hand auf die Toilette gerannt.

„Bitte, liebster Heinz, gehen wir zum Rezeptionsgebäude aufs Festland. Dort gibt es eine Bibliothek und einen kleinen Imbisstand. Lass uns warten, bis sich das Wetter beruhigt hat."

Julee konsultierte erst den Imbisstand und ließ sich dann in einem bequemen Sessel nieder. Heinz nahm sich die Bibliothek vor. Die war überraschenderweise reich bestückt und international. Erwartungsgemäß der größte Teil englischsprachige Titel. Aber deutsche Bücher gab es auch.

Und Bücher in Thai? In einer Ecke fand Heinz ein kleines Regal mit thaisprachigen Büchern. Hauptsächlich Anleitungen zur Benutzung von Computern und Smartphones. Schöngeistige thailändische Literatur – Fehlanzeige! Zwar hat die Lesewut in den westlichen Ländern (und in Russland) auch stark nachgelassen, aber in Thailand hat diese wohl nie existiert. Buchhandlungen wie in Deutschland, bis zur Decke mit Literatur gefüllt, hatte Heinz in Thailand nie gesehen.

Neben den Computer-Titeln entdeckte Heinz in dem kleinen Eckregal nur eine Handvoll Romane. Mit Julees Hilfe stellte sich allerdings heraus, dass dies Übersetzungen ausländischer Autoren waren. (Dostojewski heißt auf Thai ดอสโต เยฟสกี, ausgesprochen genau wie im Deutschen). Julee hatte den Namen laut vorgelesen, mit den Schultern gezuckt (Dostojewski? Wer ist das?) und war wieder in ihren Sessel versunken, das Smartphone vor der Nase. Kann man auch ohne Romeo und Julia, ohne Anna Karenina, ohne die Brüder Karamasow, ohne Heinrich Faust leben? Offensichtlich kann man das.

Was Heinz im deutschen Regal vorfand, war allerdings nicht nach seinem Geschmack. Neben Reiseliteratur über Thailand gab es Lehrbücher wie „Thai sprechen in sieben Tagen", die Heinz schnell wieder beiseitelegte. Er schämte sich ein wenig. Russisch hatte er innerhalb eines halben Jahres gelernt, jedenfalls so, dass er sich über Alltägliches unterhalten und die Zeitung lesen konnte. Aber da war er fünfzig Jahre jünger! Jetzt, mit über Siebzig, kannte er nach zwei Jahren nur einige Thai-Redewendungen, die ihm Julee beigebracht hatte. Diesbezüglich war sie eine gute Lehrerin, aber er ein schlechter Schüler.

Wie dem auch sei – Romane las er am liebsten in Deutsch. Die Auswahl war groß, aber thematisch eng begrenzt. Was im deutschen Regal stand, war ein Spiegel dessen, was die Masse der Deutschen liebt (oder im Urlaub liest). Krimis und flache Schnulzen, wo sich eher der Magen umdreht, als dass sich das Herz erwärmt.

Nachdem er einige Titel angelesen hatte, ging er hinaus auf die Terrasse, eine Pfeife rauchen (Julee hing noch immer wie festgeklebt an ihrem Smartphone). Eine Passage aus einem der Bücher war ihm im Gedächtnis geblieben: „Der Anfang ist das Reizvollste, das eine Beziehung zu bieten hat." War er mit Julee noch am Anfang? Reizvoll war ihre Beziehung, aber auch nicht ohne Probleme. Oder waren die Probleme gerade das Reizvolle? Probleme zu haben ist immer noch besser, als in Banalität abzugleiten. Probleme lassen sich bei gutem Willen lösen, an Banalität stirbt eine Beziehung. Probleme sind wie Rippenbrüche, Banalität ist Krebs. „Käse oder Schinken?" Julee hatte sich vom Smart-

170

phone losgerissen, war auf die Terrasse gekommen und bot ihm ein Sandwich an. Dieses Problem war leicht zu lösen: „Käse."

Bei der ersten flüchtigen Inspektion des „deutschen" Regals hatte Heinz ein Buch übersehen. Das lag offensichtlich am Titel: „Schundroman". Den Autor, Bodo Kirchhoff, kannte er sogar persönlich, deshalb machte er dieses Buch zu seiner Urlaubslektüre. Er biss sich regelrecht fest und las es im Laufe des Urlaubs bis zum letzten Satz: „Und die verdammte Liebe, dachte er, die würde auch noch dazustoßen, fertig."

Fertig?

Am nächsten Tag regte sich kein Lüftchen. Der See lag da wie ein Spiegel, und die Hütte schien fest vertäut. Wie ein Programmdirektor schaute Julee auf die Liste der Aktivitäten, die sie sich vorgenommen hatte. „Heute fahren wir zum Huai Mae Khamin Wasserfall im Nationalpark Si Nakharin."

„Und wie kommen wir zu diesem Si dingsbums?"

„Mach dir keine Sorgen, ich fahre. Und nimm die Badehose mit!"

Sie umrundeten den Südzipfel des Sees und hielten zum ersten Mal an als ein militärisch aufgemotzter Parkwächter am Eingang zum Erawan-Nationalpark den Schlagbaum senkte und auf die Preisliste zeigte. Heinz versuchte zu verhandeln: „Wir fahren nur durch, wir wollen zum Si Nakharin Nationalpark."

Der Parkwächter schüttelte den Kopf und zeigte erneut auf die Preisliste. Wahrscheinlich hatte er eh nicht verstanden, was dieser Farang da rummeckerte. Julee zeigte nun ebenfalls auf die Preisliste. „Komm, gib nach, du zahlst zweihundert Baht, ich vierzig und fertig."

„Wieso das?"

„Na, du bist Ausländer und ich Thai."

Heinz zückte die Brieftasche, löhnte zweihundertvierzig Baht und sagte wütend zum Parkwächter: „Der reinste Rassismus!" Nun war es gut, dass der ihn nicht verstand. Er lächelte Heinz freundlich an und hob den Schlagbaum.

Am Posten vor dem Huay Mae Khamin Wasserfall – das gleiche Spiel: Zweihundert für Heinz und vierzig für Julee. Heinz verzichtete auf sinnlose Proteste. Zu Julee sagte er: „Das müsste sich in Deutschland mal jemand erlauben, von Ausländern den fünffachen Eintritt verlangen."

„Ja, dort zahlen eben alle den Fünffachen."

„Ja, aber gerechter ist es schon."

Das Auto parkten sie an der Parkverwaltung, wo ein Pfad begann, der immer am Wasserlauf entlang, nach oben führte. Andere Touristen waren nicht zu sehen, was Heinz ganz recht war. Julee holte ihr Smartphone heraus und tippte sich auf die richtige Seite. „Der Wasserfall hat sieben Stufen, wir müssen aber nicht bis ganz nach oben gehen."

Heinz holte die Wasserflasche aus dem Rucksack, gab sie Julee und trank selbst einen Schluck. „Na, dann mal los!"

Bald hörten sie schon das Rauschen der ersten Wasserfall-Stufe. Ringsum – dichter Bambuswald und ein Gezwitscher und Gepfeife, dass man sich im Zoo wähnte. Ständig flogen auch Schmetterlinge vor ihrer Nase vorbei, Schmetterlinge, wie Heinz sie in Größe und prächtiger Farbgebung noch nie gesehen hatte. Angekommen an der ersten Stufe des Wasserfalls, das Wasser stürzte laut rauschend in die Tiefe, bat Heinz um eine Pause. „Pfeift die Lunge?", fragte Julee auf Deutsch. „Doch im Nationalpark ist Rauchen verboten. Wir müssen aufpassen, dass kein Ranger vorbeikommt."

Heinz zwängte sich in den Spalt zwischen zwei großen Kalksteinbrocken und labte sich an Mac Baren. Julee fotografierte derweil die Umgebung, die Schmetterlinge und das herabstürzende Wasser, wieder und wieder die Schmetterlinge und das Wasser.

An der vierten Stufe des Wasserfalls kapitulierte Heinz. Der Schweiß floss ihm in Strömen über Brust, Rücken und Stirn. Er setzte sich in den Schatten und fingerte seine Pfeife heraus. „Sorry, weiter geht's nicht." Der Wald und das Wasser rauschten, die Vögel zwitscherten, weit und breit war keine Menschenseele zu sehen.

„Du kannst dich abkühlen! Zieh deine Badehose an und steig in das Becken unterhalb des Falls."

„Und du?"

„Ich warte hier auf dich."

„Feigling!"

„Ich habe keinen Badeanzug mitgenommen."

Heinz zog sich um und kletterte zwischen den großen Steinbrocken hinunter zum Bassin. Vorsichtig prüfte er mit den Zehen die Wassertemperatur, dann ließ er sich ganz hineingleiten.

„Eine Wonne!", rief er Julee zu, die ihm von oben zuwinkte. Um ihn herum schwammen Fische, bis zu zehn Zentimeter groß, die sich von seiner Anwesenheit überhaupt nicht stören ließen. Sie knapperten sogar an seinen Beinen herum. Das Wasser war glasklar. Er schwamm eine Runde, dann noch eine und unterhielt sich mit den Fischen, die an ihm herumknapperten. Das Herauskommen war etwas schwieriger, obwohl aus Kalkstein, waren die Oberflächen rutschig. Schließlich fand er eine Stelle, wie für einen alten Mann geschaffen. Klatschnass nahm er Julee in die Arme.

„Jetzt fühle ich mich sauwohl. Das alleine war die zweihundert Baht wert."

„Komm, zieh dich um, wir wollen heute noch eine andere Attraktion, eine Höhle, besuchen."

Heinz war es ganz recht, dass sie die restlichen Stufen des Wasserfalls ausließen. Beschwingt lief er, die Badehose an einem Stock schwenkend, hinter Julee den Weg zurück. An einer Weggabelung hielt sie an. „Vielleicht können wir den Weg abkürzen." Sie lenkte in die vermeintliche Abkürzung und das war – wie sich zeigen sollte – ein Fehler. Das Bambusbuschwerk wurde immer dichter und der Weg immer schmaler und verzweigter, bis sie überhaupt nicht mehr wussten, wo sie waren. Es hätte eines Ariadnefadens bedurft, um aus dieser Wildnis wieder herauszufinden, wäre nicht plötzlich aus dem Nichts ein Park-Ranger aufgetaucht. Es war derselbe, der Heinz die zweihundert Baht abgenommen hatte, und der sie jetzt ermahnte, immer schön am Weg zu bleiben, sonst gäbe es Strafe. Zweihundert Baht für den Farang und vierzig für die Thai.

Die Fahrt zur Phra That Höhle war eine Odyssee. Die Wegweisung war nur auf Thai, und selbst Julee hatte Mühe, sich zu orientieren. Mehrmals musste sie ein Stück zurückfahren, um auf dem rechten Weg zu kommen. Angekommen an der Einlasspforte, am Fuße eines Berges, wieder das gleiche Spiel: Zweihundert plus vierzig Baht. Julee zeigte die Tickets für den Erawan-Park, die waren auch hier gültig, und so sie konnten passieren. Was sie dann erwartete, ist kaum zu beschreiben. Um an den Eingang der Höhle zu kommen, mussten sie viele, viele Stufen nach oben, fast bis zum Gipfel des Berges, steigen. Bei dreihundertsechzig hatte Heinz das Zählen aufgegeben.

Am Eingang zur Höhle erwartete sie der Höhlen-Wart, der gerade seine Petroleumlampe auffüllte. Elektrisches Licht gab es nicht in der Höhle, und Taschenlampen hatten sie nicht dabei. Damit war die Petroleumlampe der einzige Lichtblick, aber der genügte, um Wunder zu offenbaren. Die Höhle war riesig, mehrere Hallen, bis zu dreißig Meter hoch. Stalaktiten und Stalagmiten, bizarre Felsformationen, tiefe Schluchten, hohe Felstürme, ... Der Lichtkegel der Petroleumlampe konnte immer nur einen kleinen Teil dieser Pracht erfassen. Ohne Führer würden sie nie wieder aus diesen Kathedralen aus Fels und Stein herausfinden. Die oberen Wände und die Decken waren bevölkert von Fledermäusen, außer den drei Menschen offensichtlich die einzigen Lebewesen in dieser bizarren Unterwelt. Mehr als eine halbe Stunde wanderten sie, vom Lampenmann geführt, offenen Mundes durch die Höhle und hatten – nach dessen Worten – doch nur einen kleinen Teil gesehen.

Dann der Abstieg, hunderte Treppenstufen zurück zum Auto. Die Mühen des Alters! Julee lief neben Heinz, der sich auf ihrer Schulter abstützte. Eine gewaltige Anstrengung für einen Übersiebzigjährigen, aber eine Anstrengung, die sich gelohnt hatte.

Am nächsten Tag im Resort: Auf einem großen Floß war ein Buffet aufgebaut und daneben Tische mit Sitzgelegenheiten. Dinner-Party am letzten Abend im Ruknam-Resort. Rund um das Floß Lichtgirlanden, von Autobatterien gespeist. Bei Eintritt der Dunkelheit wurde das Floß von einem Boot hinaus auf den See gezogen. Thailändische Musik vom CD-Player. Julee hatte schon zwei Gläser Wein getrunken und sang mit. Zwischendurch sagte sie: „Morgen auf der

Heimfahrt musst du fahren." Dann trällerte sie weiter und wackelte mit Armen und Beinen als hätte sie Schüttelfrost.

Alle Gäste durften die Schuhe anbehalten.

„Du hast dich schon wieder verfahren! Wir müssen dahin!" Mit der Hand zeigte Julee nach hinten. Heinz öffnete den Mund, um etwas zu erwidern. Aber noch bevor auch nur ein Wort zu Ton werden konnte, legte sie laut nach: „DU BIST FALSCH ABGEBOGEN!"

„Sprich nicht so laut zu mir, und nicht so langsam. Ich bin nicht senil. Noch nicht. Wieso sagst du links abbiegen, wenn du rechts meinst?"

„Hab ich nicht."

„Hast du doch!"

Ihre Finger wurden unruhig, als wäre sie auf Entzug. „Also, ich weiß nicht, was links und was rechts ist?"

„Manchmal schon."

Julee verschränkte die Arme über der Brust und verzog das Gesicht zur beleidigten Maske. „Dann fahr doch, wohin du willst."

Heinz hielt an und schlug mit beiden Händen auf das Lenkrad. „Auf der Herfahrt sind wir nicht durch Ratchaburi gekommen."

„Sind wir doch." Sie schloss die Augen, als könnte sie damit auch die Ohren verschließen. Dann lehnte sie sich zurück, öffnete den Spiegel in der Sonnenblende und wischte sich ein Fussel aus den Augen, das gar nicht da war.

„Du meinst vielleicht die Provinz, aber ich meine die Stadt Ratchaburi."

„Natürlich meine ich die Provinz, was denn sonst."

„Jetzt sind wir aber in der Stadt Ratchaburi gelandet."

Julee setzte sich wieder auf und schaute Heinz gerade ins Gesicht. „Ja, weil du nicht auf mich gehört hast."

Es war zum Verzweifeln. Zwischen seiner Kopfhaut und der Mütze sammelte sich Dampf an, der zu explodieren drohte. Die Hinweisschilder waren missverständlich und viele nur in Thai, was Heinz ohnehin nicht lesen konnte. Er wähnte sich zwar besser, was die Orientierung anbetraf, aber bei dieser Beschilderung war er eindeutig im Nachteil. Nur wollte er es nicht zugeben.

„Gut, liebste Julee, dann fahren wir jetzt genau so weiter, wie du es sagst."

„Nein, ich sage nichts mehr!"

Will sie nur nicht mit mir reden, oder meine Verwundbarkeit testen?

„Dann rauche ich jetzt eine Pfeife."

„Aber nicht im Auto!"

Also redet sie doch noch mit mir. Heinz stieg aus, ging etwas abseits, setzte sich auf einen Steinsims, steckte sich eine Pfeife an und schaute dem Rauch beim Hochwirbeln zu. Ein Gefühl wie bei Gericht, wenn die Richter sich zur Beratung zurückgezogen haben.

Als er mit trockener, rauer Zunge zurückkam, saß sie am Steuer, ließ die Seitenscheibe herunter und sagte im Ton eines Taxifahrers: „Wollen Sie nach Hua Hin? Dann steigen Sie bitte ein, ich will zufällig genau dorthin. Was es kostet? Na, nur ein freundliches Lächeln."

Sie strahlte Heinz an, als hätte es nie einen Streit gegeben.

So ist sie!

Was kann man da machen? Einzige Lösung: Den Streit auch vergessen.

„Ist noch Wasser in der Flasche?"

XXII.

„Kannst du mir dreitausend Baht leihen?" Julee fragte wie nebenbei, während sie Benno nach Läusen absuchte, die sie in eine leere Plastikflasche stupste. Benno stand still, als genieße er diese Entlausungsaktion. Heinz saß auf der Terrasse und dachte beim Anblick der beiden an die Affen im Zoo. Die allerdings stecken, was sie finden, nicht in eine Flasche, sondern in den Mund. Er setzte die Brille ab und putzte die Gläser am Rand seines T-Shirts. Benno wurde unruhig und schaute auf Heinz, als hätte er die Frage verstanden und warte auch auf eine Antwort. Heinz setzte die Brille wieder auf, als könnte er dadurch besser hören. „Wofür brauchst du dreitausend Baht?"

„Als Startkapital für mein neues Business."

Julee stoppte die Entlausungsaktion, verschränkte die Arme über der Brust und gab sich den Anschein einer Geschäftsfrau, die vom Startkapital über die monatlichen Umsätze schon den Jahresgewinn kalkuliert.

Heinz wusste aus eigener Erfahrung, dass zwischen Startkapital und (positivem!) Gewinn ein langer und oftmals steiniger Weg liegt. War sie bereit und fähig, diesen Weg zu gehen? Er erinnerte sich auch an die Worte von Joseph: Wenn eine Thai sagt *leihen*, dann meint sie *schenken*.

Sei's drum! Startgeld für ein Business klingt jedenfalls besser als Geld für irgendwelchen Tand. Dass sie eine kreative Ader hat, bewies sie täglich beim Dinner. Sie zauberte europäische Gerichte, als hätte sie jahrelang in einem französischen Restaurant hinter den Kochtöpfen gestanden. Omelett-Rolle mit Lachs, Hähnchencurry mit Brokkoli und Reis, gefüllte Champignons mit Mozzarella, ... Das sah nicht nur

lecker aus, das schmeckte auch aloy dee[1] und machte satt.
„Und an was für eine Art Business hast du gedacht?"

„Ich kaufe Klamotten billig ein, neu oder second hand, und verkaufe sie teuer wieder. Also nicht teuer, aber teurer."

„Und wo verkaufst du die *billigen Klamotten* teurer?"

„Im Internet oder auf Märkten hier in der Umgebung."

Benno rollte sich zusammen, legte den Kopf auf die Pfoten und schloss die Augen. Heinz holte aus dem Safe dreitausend Baht.

Nachdem Benno sein Futter bekommen hatte, fuhren sie gegen fünfzehn Uhr los. Der Markt in Cha Am hatte immer mittwochs von fünf bis elf Uhr abends geöffnet. Man musste zeitig da sein, um einen günstigen Platz für den Verkaufsstand zu ergattern. Sie fuhren auf dem Highway 4 in nördlicher Richtung. Rechter Hand ragten Hochhäuser empor, Hotels und Appartement-Häuser, die nahe am Meer standen und meist einen eigenen Strand hatten. Hinweisschilder am Straßenrand: Avani+ Resort, Sheraton Resort & Spa, SiamBeach Resort, Centra by Centara Beach Resort, … Thailand lebt vom Tourismus und der Strand wird immer dichter bebaut. Wer viel Geld hat, investiert in solche Projekte. Wer wenig Geld hat, verkauft Klamotten auf dem Markt.

Julee war am vergangenen Wochenende mit dem Bus nach Bangkok gefahren und kam mit zwei großen Säcken zurück: Kleider, T-Shirts, bedruckt oder uni, Blusen, Röcke, lang oder mini, Hosen, lang oder kurz, Westen, …

Dieses Sammelsurium von „Klamotten" hatten sie, in drei großen Plastikboxen verpackt, ins Auto geladen. Dazu verchromte Stangen, aus denen sich Kleiderstangen zusammen-

---

[1] köstlich

setzen ließen. Preisschilder aus Pappe waren auch dabei. Die waren noch nicht beschrieben – man musste erst mal sehen, was die Konkurrenz verlangt.

Heinz saß (hinter einem Kleiderständer versteckt) auf einem Klappstuhl im Hintergrund ihres Verkaufsstandes und las in seinem E-Book. Ein Farang, der auf einem Second-Hand-Markt Kleidung zum Verkauf anbietet, das passt nicht. Farang müssen ja nur zum Geldautomaten gehen, ein paar Tasten drücken und schon sprudeln die Tausender heraus. Julee schrieb auf die Preis-Schilder Zahlen, die sie zu späterer Stunde durchstrich und durch kleinere ersetzte.

Am Nebenstand spielte ein kleiner Junge mit einem Plastikauto, das eigentlich zum Verkaufsangebot seiner Mutter gehörte. Aber es gab ja so viele Spielsachen, grell-bunt und zum Teil elektrifiziert. Ein rotes Radio spielte unablässig immer wieder das gleiche Lied, ein Plastik-Bär wackelte mit Armen und Beinen und eine schwarze Spinne krabbelte über einen kleinen Tisch ohne jemals herunter zu fallen.

Nach zwei Stunden – Julee hatte dreihundert Baht eingenommen und die Sonne war längst hinter den Dächern der umliegenden Häuser verschwunden – rappelte sich Heinz auf. Er wolle etwas zu essen und trinken besorgen. Er ging über den Markt ... und sah kein Ende. Ein Mega-Trempelmarkt mit hunderten von Ständen. Hemden, Hosen, lange oder kurze, T-Shirts, Schuhe für sie und ihn, Socken und Nylonstrümpfe, Badeanzüge und Bikinis, Hüte und Mützen, Spielzeug, Werkzeug, kunstgewerbliche Artikel, Einrichtungsgegenstände, ... ja sogar Autos. Vor einer Gruppe von Kindern gebärdete sich ein Mann wie ein tanzender Derwisch und blies dabei buntschillernde Seifenblasen, groß wie Luftballons, aus einem Plastikreifen. Daneben standen Kinder Schlange an einem Eisstand. An manchen

Ständen brannte ein offenes Feuer auf dem Hühnchen oder Fische brutzelten. Heinz wählte gebratene Hühnerbrust am Stick, dazu eine Soße und zwei Flaschen Orangensaft. Bier gab es nicht.

Gegen zehn, viele Verkäufer hatten schon mit dem Abbau ihrer Stände begonnen, zog Julee Bilanz: fünfhundertzwanzig Baht, minus achtzig Baht Standgebühr, minus Einkaufspreis. Das Ergebnis war nicht überwältigend: zirka zweihundert Baht. Aber es war ja der erste Versuch. H&M hat auch mal klein angefangen ... und Heinz pfiff die Lunge.

Sie packten zusammen und traten die Heimfahrt an. Julee saß am Steuer, und anstatt zu rauchen (was im Auto ja verboten ist), verschlang Heinz das letzte – nun schon kalte – Stück Hühnerfleisch und achtete darauf, nicht mit der Soße zu kleckern. Die beleuchteten Fenster der Hotels und Appartementhäuser blinkten wie Sterne über dem Meer. Es begann zu regnen, auf der Fahrbahn spiegelten sich die Reklamen vom Thai Watsadu und Honda Motorbikes. Als später rechter Hand der arg gestutzte Campanile von Venezia (in diesem Schein-Venedig hatten sie schon mal eine Schein-Gondelfahrt auf einem Schein-Kanal gemacht) auftauchte, war es nicht mehr weit nach Hause.

Die nächsten zwei Marktbesuche waren erfolgreicher. Einnahmen von über tausend Baht und das andere Mal reichlich achthundert (vor oder nach Steuer? Das weiß hier niemand). Von den drei großen Plastikboxen war eine ganz leer und die andern beiden noch halbvoll. Das war doch immerhin ein Erfolg. Was ihren Gewinn anbelangte, so konnte Julee ihn nicht so recht beziffern. Ihre Buchhaltung war lückenhaft, eigentlich nicht existent. Heinz hätte gern Zahlen gesehen, doch was sie aufschrieb, war entweder aus der Luft gegriffen oder zumindest nicht als Soll und Haben belegt.

Thai-Wirtschaft – schimpfte er. Aber es war ja nicht sein Business.

Julee fuhr nochmal auf Einkaufstour nach Bangkok. Heinz blieb in Hua Hin und ging zur Fußmassage. Das war für ihn auch eine Art Seelenmassage. Eine Stunde lang konnte er in einem bequemen Sessel halb sitzen, halb liegen, bei psychedelischer Musik vor sich hin dämmern und die Fische in dem großen Fischglas an der Wand gegenüber beobachten. Kleine funkelnde Schwärme schossen von einem Ende zum anderen. Ein relativ großer Fisch, gelb-schwarz gestreifter Körper und am Maul blaue Tentakel, war neu. Majestätisch schwamm er durch die bunte Meute der kleineren Fische und streifte dabei die aufsteigenden Luftblasen, die aus einem Schlauch in das Becken gepresst wurden. Immer wieder stupste er an die Glaswand des Aquariums. Er musste sich erst an die Gefangenschaft gewöhnen. „Nun machen wir mal die Waden schön locker", sagte die Masseuse. Sie war eine Frau mit der Statur von August dem Starken. Mit ihren Händen konnte sie wahrscheinlich auch Hufeisen aufbiegen. Wadenlanger Rock und eine luftige Bluse, die ihr genügend Bewegungsfreiheit für die Knetarbeit ließ. Sie hieß Bunrada, war aus dem Isaan, nahm ihre Sache sehr ernst und konnte dazu noch halbwegs Englisch. Sie knetete Heinz' Füße wie ein Bäcker den Brotteig. Dazu benutzte sie auch gewisse Geräte, die sie zwischen die Zehen schob und hin und her bog, dass es hörbar knackte. Zwischen zwei Würgegriffen erzählte sie, dass sie ihre beiden Kinder, die bei der Oma leben, zweimal im Jahr besuche. Dabei verzog sie ihr Gesicht zu einer Grimasse des Bedauerns und der mächtige Busen drohte die Knöpfe der Bluse zu sprengen.

Es hieß zwar Fußmassage, aber die Beine wurden auch massiert, und zwar hoch bis ans Ende der Oberschenkel. Das gab der Sache eine gewisse erotische Note.

Heinz ließ sich nur von Frauen massieren. Entweder von Bunrada oder von der schlanken jungen Kollegin, deren Namen er nicht kannte. Sie war an allen sichtbaren Stellen ihres Körpers tätowiert und konnte – trotz ihrer zierlichen Statur – genauso energisch zupacken wie Bunrada, aber leider kein Englisch. Für lächerliche einhundertachtzig Baht gab es nach der Massage noch einen Tee und ein Gebäckstück. Natürlich gab er zweihundert und durfte dafür auf der Steinbank vor dem Salon noch seine Pfeife paffen.

Als er nach anderthalb Stunden den Massagesalon und die Rauchbank verließ, ging er leichtfüßig und beschwingt wie ein Tänzer über die neue Fußgängerbrücke hinüber ins „Market Village". Er wollte Julee zum Geburtstag einen Ring schenken. Die Goldpreise waren im Steigen begriffen, man sollte nicht lange zögern. Anfangs hatte es ihn verwirrt, dass in Thailand das Goldgewicht auch in Baht angegeben wird. Ein Baht Gold ist natürlich viel mehr wert als ein Baht in Geld. Der Preis für ein Baht Gold wurde an großen Leuchttafeln angezeigt, die von irgendeiner Zentrale gesteuert wurden und ständig steigende Zahlen verkündeten. Für Julees schlanke Hand kam nur ein kleiner Ring infrage. Große Klunker liebte Heinz ohnehin nicht – zu protzig, kein Schmuck, sondern Zurschaustellung von Reichtum. Mit zehn- bis fünfzehntausend Baht musste er für den Ring rechnen. Doch bevor er kauften kann, muss er erst Julees Finger messen.

Heinz schwor sich: Den Ring werde ich ihr aber nur schenken, wenn sie mir verspricht, ihn niemals ins Pfandhaus zu tragen. Geld brauchte sie eigentlich immer, oftmals sofort, noch am gleichen Tag. Es war noch kein Jahr her, da benötigte sie dringend fünftausend Baht (für Papa – sagte sie). Ohne Heinz zu konsultieren, verpfändete sie ihre Goldkette für achttausend Baht (zwölftausend hatte sie gekostet). Monatelang hatte Heinz dann zweihundertfünfzig Baht an das Pfandhaus gelöhnt, bis er die Kette auslöste. Zweihundertfünfzig von achttausend – das sind über siebenunddreißig Prozent im Jahr! Eine satte Rendite für den Pfandleiher. Ein toller Beruf!

Nach der Goldbeschau prüfte er den Kalender auf seinem Smartphone. Notifikation! Schon zwei Tage überfällig! Das hätte er beinahe vergessen. Wie alle Ausländer musste er sich aller neunzig Tage (wie ein Krimineller) bei der Polizei melden. Die zuständige Polizei heißt Immigration. Dort ist man mit seiner Adresse, Passnummer usw. im Computer registriert. Also schnell noch zur Shopping Mall „Blue Port", dort gibt es eine Zweigstelle des Immigration Office. Er zog sich eine Wartenummer und sah an der Tafel, dass er genügend Zeit hatte, bevor die Reihe an ihn kam. Er kaufte sich einen *coffee to go*, wie jetzt ein Kaffee zum Mitnehmen heißt, und ging hinaus, eine Pfeife zu rauchen. Nach vierzig Minuten war er dran. Die Prozedur ging ganz schnell: Man zeigt seinen Pass, beteuert, dass man noch unter derselben Adresse wohne und schon bekommt man einen Eintrag in den Pass, die Daseinsberechtigung für die nächsten neunzig Tage.

Als er an der Bushaltestelle ankam, wartete Julee schon auf ihn, wieder mit zwei großen Säcken, die sie kaum schleppen konnte. Lachend zeigte sie auf die Säcke: „Ich habe in Bangkok für über tausend Baht eingekauft, zum großen Teil neue Ware."

Heinz dämpfte ihren Enthusiasmus. „Kaufen ist leicht, Verkaufen schwer."

„Alter Miesepeter. Lass mich mal machen!"

An zwei Abenden verkaufte Julee mit mäßigem Erfolg im Internet. Sie baute auf der Terrasse zwei Kleiderständer auf, zog sich ein fesches Kleid an und suchte online nach Kunden. Kaufen im Internet ist Vertrauenssache. Vertrauen baute Julee geschickt auf, doch nicht immer mit Erfolg. Die Konkurrenz ist halt riesig.

Der Rest wurde in die drei Plastikboxen und in eine große Falttasche gepackt und da steht er, und steht, und steht, … Julee verlor die Lust an ihrem Business. Ihr Firmenkapital bestand aus unverkaufter Ware, die nur im Haus herumstand. Totes Kapital! Finanziere deine Projekte aus den Gewinnen, nicht aus den Rücklagen, hatte Heinz gelesen und wie ein elftes Gebot verinnerlicht. Was aber, wenn weder Gewinne noch Rücklagen vorhanden sind? Dann kann man nur das tote Firmenkapital aktivieren.

„Dräng mich nicht! Ich mach das schon", war Julees wiederkehrende Antwort auf Heinz' Drängen.

Als dann die Corona-Pandemie ausbrach, waren die Straßenmärkte praktisch tot, doch der Internethandel florierte.

„Ich mach das schon, ich mach das schon …"

Die auflodernde Flamme war in sich zusammengefallen, keine Glut mehr unter der Asche. Sie merkte wohl selbst, dass ihre Eignung zur Geschäftsfrau mehr Wunsch denn Realität war. Wer nicht angeben kann, ob er Gewinn macht, und wenn ja – wie hoch dieser sind, wer nicht Buch führt über Soll und Haben – der sollte die Finger davon lassen, lieber jetzt als später. Die Überbleibsel des Business waren zu Mottenfutter geworden.

Das Wort „Langeweile" kannte Julee auf Deutsch. Und sie hasste es. Das Wort „Initiative" kannte sie auch, aber hasste es nicht (obgleich manche Initiativen den Bach runter gingen). Während sie durch das Grundstück schlenderte, kam ihr die Idee: „Ich lege im hinteren Teil des Gartens, hinter dem Mangobaum, einen Nutzgarten an."

Es begann mit einigen Topfpflanzen, und mit deren Anzahl wuchs Julees Begeisterung. Benno stand immer dabei und beobachtete mit kritischem Blick alle Aktivitäten. Heinz staunte, aus welchen kläglichen Pflanzenresten und winzigen Körnern sie neue Triebe hervorzauberte. Abgeschnittene Zweige des Frangipani-Baumes wurden eingepflanzt, und bald zeigten sich kleine Blätter, und neue Zweige. Aus Äpfeln pulte sie die Kerne heraus und setzte sie in die Erde. Genauso tat sie es mit Avocados, Zitronen, Datteln, Durianfrüchten und vielem anderen. Nach kurzer Zeit zeigten sich grüne Triebe. Wenn auch noch viel Zeit vergehen mochte, bis man Früchte ernten könnte – der Anfang war gemacht. Und jeder neue Trieb versetzte Julee in Entzücken. Weiter ging es mit Kräutern, die sie zum Kochen brauchte: Basilikum, Origano, Chilischoten, Ingwer … Sie ging jeden Morgen in ihren Garten, wässerte die Pflanzen, entfernte Schnecken, prüfte das Wachstum und vergaß, dass sie ihr ehemaliges in den Sand gesetzt hatte. Jedes neue Pflänzchen gab ihr das Gefühl, sie sei die Mutter dieser Geschöpfe, sie habe sie geboren. Manchmal rief sie Heinz hinzu und zeigte ihm, wie aus einem winzigen Korn dank ihrer Sorgfalt und der Kraft der Natur ein grüner Halm hervorkam. Und sie war froh, dass sie für dieses Vorhaben kein Startkapital benötigt hatte (von dem „geborgten" Startkapital des Klamotten-Business sprach sie nicht mehr). Hier gab es kein Soll, nur Haben.

Warum soll man sich mit Geschäften herumplagen, wenn einem die Natur alles gibt?

XXIII.

Julee fuhr mit dem Zeigefinger auf der Thailand-Karte umher. „Wir kennen hier das Meer nur als Golf, der sich zwischen Ost- und Westthailand schiebt. Ich will mal ans offene Meer, an die Andaman-See" – der Finger fuhr weit nach Süden – „mit ihren schroffen Felsinseln, die schon als Filmkulisse Furore gemacht haben. Phuket oder Krabi wären lohnende Ziele."

Bei Krabi blieb der Finger stehen. Heinz runzelte die Stirn. „Ist das nicht die Gegend, wo Zweitausendvier der Tsunami gewütet hatte?" Er erinnerte sich an Fotos von aufgedunsenen Leichen, entwurzelten Bäumen und zerstörten Häusern, die damals um die Welt gingen. Eine Katastrophe apokalyptischen Ausmaßes.

„Der Tsunami ist zwanzig Jahre her, seine Spuren sind längst beseitigt, und ein neuer Tsunami ist höchst unwahrscheinlich."

„Mm, unwahrscheinlich, aber nicht unmöglich." Heinz zog das *Mm* wie ein Gummiband in die Länge und hätte sich gern weiter über die Wahrscheinlichkeitstheorie ausgelassen, aber was hätte das genützt? Obwohl ihm die Bilder der Katastrophe immer noch präsent waren, musste er einsehen, dass die Wahrscheinlichkeit einer Wiederholung sehr gering war.

Julee zeigte auf ihr Smartphone. „Die Corona-Inzidenzen sind auf niedrigem Niveau, und die Provinz-Grenzen sind nicht geschlossen. Nur ausländische Besucher dürfen nicht nach Thailand. Das könnte ein Vorteil sein. Wenig Touristen und niedrige Preise!"

Nach Recherchen im Internet entschieden sie sich für das Fünfsterne-Hotel „Amari Vogue" in Krabi. Unmittelbar am Meer und direkter Blick auf Indien, wenn die Erde keine

Kugel wäre. Das Hotel hatte mehrere Gebäude, die sich an den Hang schmiegten. Sie bekamen ein Zimmer in der sechsten Etage des obersten Gebäudes, das ein geräumiges Badezimmer und einen großzügigen Balkon mit zwei Sesseln und einem runden Tisch hatte.

Noch bevor sie die Koffer auspackten steckte sich Heinz eine Pfeife an und schaute vom Balkon aus hinaus aufs Meer. Julee legte die Hand auf seine Schulter und sagte nur: „Wunderschön."

„Du spielst mit den Fingern auf meiner Schulter Klavier, aber was geht in deinen Gedanken vor?"

„Ich sagte es dir: Wunderschön!"

Es war windstill, einige Inseln ragten aus dem Meer, schroffe Felsen oder auch leicht begrünte Hügel. In der Ferne schwammen ein paar Wolken über den Horizont, flossen zusammen und sahen aus wie der Milchschaum auf einem Cappuccino. Das Gekreische der Möwen war – außer dem Brummen der Klimaanlage – das einzige Geräusch.

Das Badezimmer hatte außer einer Dusche sogar eine Wanne. Julee ließ warmes Wasser ein, gab reichlich Badesalz dazu und versank im Schaum. Hier eine Woche wie die Phäaken leben und den Rest der Welt vergessen!

Um zum Strand zu gelangen musste man gut zu Fuß sein. Über hundert Stufen führten hinab, wo sich auch eine Bar und ein Restaurant befanden. Während des Abendessens wurden sie von Thomas, dem Hotelmanager, begrüßt. Der gab sich große Mühe, hochdeutsch zu sprechen. Doch Heinz erkannte sofort: Dresden! Nachdem sich Heinz als ehemaliger Dresdner geoutet hatte, hörte auch der Manager auf, sich die Zunge zu verbiegen, und sie verfielen beide in ihren vertrauten Dialekt. Der Kellner, der aus Hamburg stammte, verstand kaum ein Wort von diesem sächsischen Gebrabbel.

Bei einem Glas Wein genossen Julee und Heinz wie die Sonne als glutroter Ball langsam ins Meer tauchte. Ein Anblick, der ihnen in Hua Hin versagt blieb. In Indien war es noch Tag, in Deutschland war es mittags um zwölf und kalt. Und Heinz pfiff schon wieder die Lunge.

Island Hopping – an experience you will remember! versprach ein Prospekt, der in der Rezeption auslag. Fünf Inseln und dazwischen ein Tauchgang. Taucherbrille und Schnorchel inklusive.

Julee war Feuer und Flamme. Heinz war … nicht dagegen. Ob er in seinem Alter tatsächlich Schnorcheln will, kann er sich ja an Bord noch überlegen. Viel bequemer war es doch, die bunten Fische im Aquarium des Massagesalons zu bewundern.

Natürlich war Heinz der Älteste unter den Passagieren an Bord des kleinen Schnellbootes. Außer Julee und Heinz waren noch fünf Leute dabei, alles junge Thais in sportlichen Klamotten und mit erwartungsvollen Gesichtern, als würden sie gerade zu einer Weltumsegelung aufbrechen.

Die fünf Inseln glichen einander wie die Kinder einer Familie: verschieden groß, aber einer Sippe zugehörig. Ausgenommen eine Insel. Deren Badebucht wurde von steil aufragenden Felsen gesäumt, an denen sich Kletterer wie Matrosen in der Takelage emporarbeiteten. Zwei der Inseln waren bei Ebbe durch eine schmale Sandbank verbunden.

Dann kam der Moment, wo Heinz sich entscheiden musste. Schnorcheln oder nicht Schnorcheln? Das war jetzt die Frage. Sollte er, der einzige Farang, sich vor den anderen blamieren? Nein! Was hatte er kürzlich gelesen: Mut gilt es nicht zu beteuern, sondern zu beweisen. Also Schwimmweste angeschnallt, Taucherbrille und Schnorchel aufgesetzt und rein in die Fluten. Das heißt: Heinz stieg mit Hilfe des Bootsmanns langsam die Leiter am Heck hinunter.

Das Wasser war nicht sehr tief. Durch die Taucherbrille konnte man mühelos den Boden sehen, der glatt und unbewachsen, nur manchmal von kleinen Felsen unterbrochen war. Keine Korallen, Fische oder andere Meeresbewohner. Die bunten Bilder in dem Prospekt stellten sich als Schwindel heraus. *An experience you will remember*?

Am vorletzten Tag im „Amari Vogue" studierte Heinz die Wetterkarte. „Schau dir die Wettervorhersage an! Nächste Woche jeden Tag Regen. Wir täten gut daran, übermorgen zurückzufahren. Benno wird es uns danken."

Julee schmollte. „Und was ist mit Phang-Nga? Laut meiner Freundin ist es die Perle der Andaman-See. Ein High-Light."

„Bei Regen ist es bestimmt keine Perle. Und nur im Hotel sitzen – nein danke. Komm, wir fahren übermorgen zurück."

Julee schwieg wie die Stumme von Portici, nur dass sie sich nicht in den Krater des Vesuv stürzte, sondern ihren Koffer zu packen begann. Heinz wusste: Ihr Schmollen hält nicht lange an.

Auf der Rückfahrt fiel bei Surat Thani der Navigator aus. Die Hinweisschilder waren missverständlich. Wenn dort Surat Thani stand, war damit die Provinz Surat Thani gemeint, wenn man sich außerhalb dieser Provinz befand. Die Provinzhauptstadt war gemeint, wenn man sich in der Provinz befand. Aber wer wusste schon, wo man sich befand?

„Halt mal an. Ich frage die Frau dort am Straßencafé, wie es weitergeht. Die sieht aus wie eine Einheimische."

Heinz stoppte den Wagen und Julee stieg aus. Ungefähr zehn Minuten unterhielt sie sich mit der Frau und dabei wedelten beide mit den Händen mal in die eine Richtung, mal in die andere. Als Julee wieder einstieg, sagte sie nur ein einziges Wort: „Geradeaus". Das war das ganze Ergebnis dieser langen Diskussion mit der Frau.

Doch *geradeaus* führte in eine Sackgasse.

Heinz hielt wieder an, und Julee fragte einen Mann, der gerade von seinem Motorbike stieg, nach dem Weg. Der überlegte eine Weile, kratzte sich am Kopf und zeigte in die nach rechts abzweigende Straße. Heinz bezweifelte, dass das der richtige Weg war und hielt nach einer Weile wieder an. Eine freundliche Frau zeigte, ohne zu überlegen, in die entgegengesetzte Richtung.

„Himmelherrgott nochmal! Wenn die den Weg nicht wissen, sollten sie einfach sagen: ‚Ich weiß nicht' Punktum."

„Das würde ein Thai niemals machen. Das gilt als unhöflich."

Heinz schüttelte den Kopf und dachte: Wieder was gelernt. Julee versuchte sich nochmal am Navigator. Der war inzwischen aus seiner Starre erwacht und die blaue Linie wies den Weg. Wie sich zeigte, waren sie eine Weile im Kreis gefahren. Aber immer höflich!

Als sie zuhause ankamen – Benno stand schon schwanzwedelnd am Gartentor (er hatte sich eine Woche lang selbst versorgt) – begann es gerade zu regnen und auch Julee war nun froh, dass sie den Rückzug angetreten hatten. Heinz hielt sich die Backe und machte ein sauertöpfisches Gesicht. Die Schmerzen im rechten Kiefergelenk hatten wieder begonnen.

XXIV.

Die ersten Anzeichen gab es im Februar des vergangenen Jahres. Beim Essen, Reden und jeder anderen Bewegung des Unterkiefers hatte Heinz Schmerzen. Maul nicht so weit aufreißen – befahl er sich. Aber es half nichts. Er ging in eine private Zahnarztpraxis zu Frau Dr. Wu, einer Chinesin, die in Deutschland studiert hatte. Frau Wu röntge das ganze Gebiss, und gemeinsam schauten sie sich das Bild an. Es sah aus, wie ein Teil von Bangkok bei Nacht, aufragende Türme, fest verwurzelt im Boden, der hier Kiefer hieß, dazwischen Brücken und kleinere Gebilde. Der Architekt und Bauherr dieses Wunderwerks hieß Dr. Ugrinovic, Heinz' Zahnarzt in Erlangen. Der hatte dafür gesorgt, dass seit über zehn Jahren nichts an diesem Bauwerk repariert oder verbessert werden musste. Frau Dr. Wu setzte die Brille auf und fand lobende Worte für den Konstrukteur dieses Gebisses. „Keinerlei Defekt, alles in Ordnung!", sagte sie auf Deutsch.

Was tun?, hatte schon Lenin in einem anderen, weitaus kritischeren Zusammenhang gefragt.

Frau Dr. Wu gab ihm zehn Antibiotika-Pillen und der Schmerz verschwand nach der fünften Pille.

Jetzt, ein Jahr später – der gleiche Schlamassel, nur schlimmer. Heinz kaufte in der Apotheke die gleichen Antibiotika-Pillen, die ihm im Vorjahr geholfen hatten. In Thailand kann man in jeder Apotheke ohne Rezept jede Art von Medikamenten kaufen, oder anders gesagt: Es gibt keine Rezeptpflicht. Das hat manchen Vorteil, aber einen entscheidenden Nachteil: Es verleitet zur Selbsttherapie.

Diesmal wirkten die Antibiotika nicht. Die Schmerzen ließen nicht nach, sondern wurden stärker. Obwohl er versuchte, die Schmerzen vor sich selbst und vor Julee zu verheimlichen (ein Mann, dem die Tränen kommen, wenn's weh tut?), ließ Julee sich nicht täuschen. Sie riet ihm, nicht den Masochisten zu spielen, sondern einen weiteren Doktor zu konsultieren (in Thailand ist ein Doktor immer ein Mediziner).

Im Staatlichen Hospital Hua Hin werden Ausländer gesondert behandelt, dafür gibt es natürlich einen Aufschlag auf die Behandlungskosten. Heinz war das egal. Er hielt sich die Backe und wurde ins blaue Gebäude, in einen Saal in der obersten Etage geschickt. Dort lagen nur wenige Patienten in gemütlichen Sesseln vor Anker und warteten, dass ihr Name aufgerufen werde. Blonde Skandinavier, sich laut unterhaltende Amerikaner in Shorts und Turnschuhen, Deutsche in langen Hosen, Engländer trotz der Hitze mit passendem Jackett, einige Chinesen oder Koreaner, das konnte Heinz nie unterscheiden. Die meisten Männer hatten eine thailändische Begleiterin bei sich. Nach kurzer Wartezeit wurde er von einer jungen Ärztin, offensichtlich einer Allgemeinärztin, aufgerufen und nach seinen Wehwehchen befragt. Sie machte sich einige Notizen und schickte ihn mit einer Art Laufzettel in die Zahnabteilung.

Hier empfing ihn sofort der ungelüftete Geruch eines Krankenhauses. Sind es die Medikamente, die Speisen, oder ist es einfach der Geruch von Krankheit? Nach dem Röntgen – das gleiche Resultat: Schulterzucken, die Zähne sind in Ordnung. Sie müssen einen Spezialisten für Kieferbehandlung aufsuchen. Wen und Wo? Nochmal Schulterzucken, und Heinz würde mit den Zähnen geknirscht haben, wenn es nicht wehgetan hätte.

Julee wusste, dass es in Hua Hin, wie in jeder größeren Stadt, kleine private Arztpraxen gab. Sie suchten eine in der Nähe des Hospitals auf. Geschlossen! Öffnungszeiten von siebzehn bis einundzwanzig Uhr. Eigenartige Öffnungszeiten! „Diese Privatpraxis gehört bestimmt einem der Ärzte aus dem Hospital, die sich damit ein Zubrot verdienen. Natürlich nur nach der offiziellen Dienstzeit", meinte Julee.

Also nach siebzehn Uhr nochmal hin. Nach kurzer Untersuchung durch den Privatarzt erlebte Heinz das gleiche Schulterzucken, das er schon vom nichtprivaten Hospital her kannte.

Doch vom Schulterzucken der Ärzte ließ sich das Kiefergelenk nicht beeindruckten. Dazu kamen noch Schmerzen in der rechten Stirn. Die traten völlig unvermittelt auf – wie ein Stromschlag unter der Schädeldecke. Heinz wand sich bei diesen Attacken wie ein Epileptiker und Julee stand hilflos daneben. Sie litt mit und wollte dem nicht länger tatenlos zusehen. „Wir müssen etwas unternehmen!"

Hua Hin hat drei große Hospitals, ein staatliches, das schon an Heinz' Kiefer gescheitert war, und zwei private: das San Paolo Hospital und das Bangkok Hospital Hua Hin.

Heinz reihte sich im San Paolo in die Reihe der Wartenden ein. Fünf Stuhlreihen voll besetzt. Leute mit schmerzverzogenen Gesichtern, eine Frau mit verbundenem Arm, ein Mann, der um den Hals eine hohe Gummikrempe trug und so weiter. Einige Kinder, die offensichtlich keine Schmerzen hatten, tollten zwischen den Stuhlreihen umher. Nach einer halben Stunde schickte Heinz Julee nach Hause. Er wollte ihr den Geruch der Krankheit ersparen. Außerdem war es sinnlos, hier zu zweit rumzusitzen.

Dann kam die nächste Schmerz-Attacke in der Stirn, und Heinz wandte sich an eine Schwester mit der Bitte um sofortige Hilfe. Er wurde auf eine Liege gebettet und in die Abteilung „Emergency" geschoben. Von dort ging es unverzüglich in ein Einzelzimmer des Hospitals, wo er von einem Arzt untersucht wurde. Doch der wusste entweder nicht, was seinem Patienten fehlte, oder er sagte es nicht. Es wurde ihm Blut abgenommen, aus einem Schlauch schmerzstillende Mittel in den Arm gepumpt und tatsächlich ließen die Schmerzen nach. Dafür wurde der Harndrang größer. Wie eine Witzfigur kam er sich vor, als er mit hinten offenem Nachtgewand, das Gestänge mit dem Infusionsbeutel vor sich herschiebend, auf die Toilette marschierte. In der Nase den typischen Krankenhausgeruch, der alleine schon macht, dass die Menschen sich krank fühlen.

Nach einer Stunde – er war gerade am Einschlummern – klopfte es, und Julee kam herein. Sie habe es zuhause nicht ausgehalten. Obwohl sie ihm in seiner Situation auch nicht helfen konnte, blieb sie auch über Nacht, wofür er ihr dankbar war. In dem Einzelzimmer stand für solche Fälle ein Sofa bereit.

Am nächsten Morgen nach dem Frühstück – es gab auf Wunsch eine Gemüsesuppe – war Visite. Aber nicht im Zimmer, sondern bei einem Arzt im Empfangsbereich des Hospitals, wo Heinz gestern wartend gesessen hatte. Auf einem Rollstuhl mit angeschlossenem Tropf wurde er dahin geschoben, obwohl er sich so gut fühlte, dass er auch hätte laufen können.

Der Arzt studierte die Laborbefunde, befühlte das Kiefergelenk und sagte: „Deformation of the Temporomandibular Joint."

Heinz wusste nicht, was das Temporo…dingsbums war, er wusste nur, dass es ihm wehtat. „Und was nun?"

„Sie müssen einen Spezialisten für Kieferbehandlung aufsuchen." Diesen Spruch kannte Heinz schon, und auch das Schulterzucken, das folgte.

Heinz unterschrieb das Formular für Entlassung auf eigenen Wunsch, bezahlte dreiundzwanzigtausend Baht und fuhr mit Julee nach Hause.

Eigentlich deckte Heinz' Krankenversicherung eine Behandlung im Sao Paulo Hospital ab, aber Gelenke aller Art waren ausgeschlossen, weil Heinz vor zwölf Jahren mal Probleme mit dem Knie gehabt hatte.

Julee stellte die Speisezubereitung um. Statt Kartoffeln gab es nun Kartoffelpüree, das Fleisch wurde erst zerhackt, bevor es gebraten wurde und das Gemüse wurde geraspelt. Das Essen wurde nicht mehr auf einem Teller drapiert, sondern Heinz aß mit dem Löffel aus der Schüssel. Geschmeckt hat es trotzdem.

Dennoch – das Kiefergelenk gab sich damit nicht zufrieden und auch die Attacken in der Stirn ließen ihn weiterhin aufzucken.

Blieb noch das Bangkok Hospital in Hua Hin. Das war in der Police der Krankenversicherung gänzlich ausgeschlossen. Aber selbst bezahlen konnte man natürlich, und Heinz blieb in seiner Situation kein anderer Weg.

Dieses Hospital ist ein Spitzen-Haus. Das merkt man schon am Parkplatz, großflächig und zum Teil überdacht. Die Eingangshalle des Hospitals ähnelt der eines Hotels. Selbst der typische Geruch, der sonst jedem Krankenhaus eigen ist, fehlte hier.

Eine adrette Hostess in hellblauem Dress und weißem Häubchen begleitete ihn zunächst in die Dental-Abteilung, wo er zwei Sitzungen absolvierte. Zuerst wurden die Zähne nochmal geröntgt – natürlich ohne Befund. Bei der zweiten Sitzung (eine Woche später) wurden die Zähne professionell gereinigt, was zwar notwendig, aber für das eigentliche Problem ohne Belang war. Doch beim dritten Besuch kam er zu einer Frau Dr. Inthiporn Sowieso, einer jungen Frau Doktor mit Brille, die die Schmerz-Attacken in der Stirn ins Visier nahm. Sie riet zu einem Magnet-Resonanz-Test des Kopfes.

Zwei Stunden lag Heinz in der Röhre, hörte die lauten Klopfgeräusche der Magnetspule, durfte den Kopf nicht bewegen und dachte bei dem Knack, Knack, Knack an seine Zeit bei Siemens, als er diese Höllenmaschinen getestet hatte. Als Frau Doktor Inthiporn die Bilder sah, nickte sie und sagte nur ein Wort: „Trigeminusneuralgie". Auf Heinz' fragenden Blick erklärte sie: „Ein Blutgefäß liegt auf dem Drillingsnerv und quält ihn. Eine Operation wäre möglich, aber wir versuchen erst mal eine medikamentöse Behandlung."

Ein erster diagnostischer Erfolg, und Heinz hätte Frau Inthiporn am liebsten umarmt, wenn sie nicht so unnahbar dagesessen hätte. Der hohe Grad ihrer Intelligenz war irgendwie ihrer Attraktivität abträglich.

Doch zu dem Problem mit dem Kiefergelenk konnte auch sie nichts sagen. Heinz hörte wieder den altbekannten Satz: „Sie müssen einen Spezialisten für Kieferbehandlung aufsuchen."

Doch nach all dem Schulterzucken bekam er von dieser kompetenten Frau auch einen hilfreichen Rat: „Sie sollten in Bangkok das Bumrungrad Hospital aufsuchen."

Dieses „International Hospital", wo sich dollarschwere Ölscheichs, indische Maharadschas und Diplomaten aus aller Welt ihre vorhandenen oder eingebildeten Wehwehchen kurieren lassen, konnte auch Herrn Nobody aus old Germany eine Diagnose liefern. Eine Röntgenaufnahme des kompletten Kiefers zeigte das Dilemma: Das rechte Kiefergelenk war stark geschwollen. Ein Zusammenhang mit der diagnostizierten Trigeminusneuralgie wurde in Erwägung gezogen, und zu einer medikamentösen Behandlung geraten. Die Pillen dafür bekam er direkt im Hospital und dazu eine saftige Rechnung.

Trigeminusneuralgie dachte Heinz bei seinem Rückweg über die endlosen Gänge des Hospitals. Eine äußerst seltene Erkrankung, hatte die Ärztin gesagt, als wäre das ein Trost für ihn. Nur 0,2 % der Bevölkerung sei von diesem Leiden betroffen. Soll er nun stolz sein, dass er zu den Auserwählten, zu den zwei aus tausend Menschen zählt, bei denen ein Blutgefäß den nervus trigeminus quält? *Trigeminusneuralgie* – welch kompliziertes und zugleich wehtuendes Wort!

Was soll's – wenigstens kannte er nun die Ursachen seiner Schmerzen. Dank der Pillen von Frau Dr. Inthiporn verschwanden die Blitzschläge in der Schläfe und – für einen Laien unverständlich – auch die Probleme mit dem Kiefergelenk. Die Trigeminusneuralgie war die Ursache des ganzen Schlamassels. Der nervus mandibularis, einer der drei Stränge des nervus trigeminus, ist verantwortlich für die Kieferbewegung. Wer hätte das vermutet, dachte Heinz, während er lustvoll in einen Apfel biss.

XXV.

Der Strand war wie leergefegt. Der Liegestuhlverleiher dämmerte vor sich hin, eine Zigarette im Mund. Als er sie kommen sah, schreckte er auf, warf die Zigarette weg und stellte sich dienstbereit in Positur.

„Zwei Liegestühle, bitte schön, ich bringe sie Ihnen wohin Sie wollen."

„Vierzig Baht."

Er bedankte sich für den Fünfziger.

Einer der vielen, die – obwohl nicht infiziert – unter Corona zu leiden haben. Eigentlich hätte er aufgeben müssen, es lohnte sich nicht mehr. Aber wohin mit den zweihundert Liegestühlen?

Für die zigtausend Barmädchen in Pattaya und überall im Land lohnte es sich auch nicht mehr. Sie wurden von heute auf morgen entlassen. Die Besitzer der Bars ließen die Rollladen herunter und die Rotlichtmeilen verwaisten. Was tun, wenn man außer seinem Körper nichts zu bieten hat? Die meisten Mädchen gingen zurück zu ihren Familien aufs Land, ihre Familien, die sie bisher ernährt hatten. Irgendwie muss es weitergehen. Doch das Virus fand seine Opfer auch dort, wie überall.

Im Juli 2021 starben in Bangkok Leute auf der Straße oder lagen auf Folien auf den Parkplätzen der Krankenhäuser, weil keine Betten frei waren. Und der Höhepunkt der Welle war noch nicht erreicht. Erst knapp sechs Prozent der Bevölkerung waren vollständig geimpft.

Julee streifte ihr T-Shirt ab und rückte ihren Liegestuhl in den Schatten.

Heinz stand in Badehosen vor ihr. „Gehen wir schwimmen?"

„Jetzt noch nicht, die Sonne ... aber du kannst ja schon gehen."

Heinz ging nicht, sondern rückte seinen Liegestuhl neben ihren, griff nach seinem Buch und steckte sich eine Pfeife an. „Ohne dich macht es keinen Spaß, nicht nur das Schwimmen."

Nach kurzer Zeit klappte er das Buch zu und legte es auf die Brust, wo es mit der Atmung auf und nieder wippte. „Uff, in dieser Hitze wird man faul und nachdenklich." Er schloss die Augen und sah Sophie im Garten ihres Hauses in Erlangen tanzen. In der Hand ein Tuch, mit dem sie ihm zuwinkte. Dann auf dem Klavier Schostakowitschs Walzer Nr. 2. Weites, unendliches Russland! Wie alt war er damals? Zweiundsechzig? Und jeden Tag ab Acht bei Siemens MRTs testen. Und am Abend Übersetzen unten im Büro. Arbeiten wie ein Berserker, um im Alter versorgt zu sein. Ernten kann man nur, was man beizeiten säht.

Kreuzfahrten mit Balder und Urlaube mit Sophie. Alpen, Türkei, Teneriffa, Paris, Italien. Die Ascheschicht auf Pompeji war sechs Meter hoch. Selbst gemessen! Der Vesuv raucht noch, der Teide nicht. Vom Hotel San Felipe aus sieht man ihn mit seinem weißen Hut. Weiß auch das Gehege der Pinguine im Loro Parque. Die Delfine tanzen übers Wasser. Im Meer vor Capri waren sie nicht zu sehen. Aber die alte Residenz von Tiberius. Mosaikboden, den schon die Sandalen des Kaisers berührt hatten. Solches Mosaik müsste man im Badezimmer haben. Hatten wir nicht, aber im Wohnzimmer Parkett. Das hatte der Kaiser nicht. Dann das ganze Haus leer geräumt, das Parkett belassen, das Mobiliar zerschlagen, die Computer zur Entsorgung. Auseinandergelebt! Ein Leben zerschlagen. Was man hatte spürt man erst, wenn es verloren ist.

Julee reicht ihm aus der Kühltasche die Wasserflasche.

„Hast du geschlafen?"

„Nein, nur geträumt"

Die Wirklichkeit hatte ihn wieder, die Wirklichkeit in der er nach einem Sprung um den halben Erdball gelandet war. Eine Wirklichkeit so völlig anders als seine alte Welt. Nicht nur das Klima, auch die Menschen. Wie unterschiedlich sind die Stempel, die ihnen das Leben aufgedrückt hat. Wie viel zwischen ihnen bleibt ungesagt oder unverstanden? Manchmal fehlt es an Mut, mit Worten ein Vakuum zu füllen, das zwei Universen trennt. Doch nicht alles muss gesagt werden – man muss es fühlen. Toleranz ist erlernbar.

Seine Julee lebt im Heute. Wenn sie heute Glück hat, dann ist sie glücklich und denkt nicht an morgen. Wenn sie Geld hat, gibt sie es aus. Statt eines Rentenanspruchs hat sie Familie. Er hat studiert und sein ganzes Leben lang geschuftet, damit jetzt auf Knopfdruck aus dem Automaten die Scheine flattern.

Zwei Lebensentwürfe wie sie unterschiedlicher nicht sein könnten: Auf der einen Seite – Pünktlichkeit, Effizienz und Vorausplanung, auf der anderen Seite – das Heute genießen und nicht auf das Morgen schauen! Buddha wird's schon richten.

Und es ist für Heinz durchaus nicht entschieden, welcher Lebensentwurf der bessere ist.

Dieses Siam bleibt ihm ein Rätsel.

„Gehen wir schwimmen?"

„Ja, gehen wir schwimmen."